边走边唱

BIAN ZOU BIAN CHANG

田 旭◎著

安徽师范大学出版社
ANHUI NORMAL UNIVERSITY PRESS
·芜湖·

图书在版编目(CIP)数据

边走边唱 / 田旭著 .— 芜湖:安徽师范大学出版社,2021.11
ISBN 978-7-5676-5338-2

Ⅰ.①边… Ⅱ.①田… Ⅲ.①散文集－中国－当代 Ⅳ.①I267

中国版本图书馆CIP数据核字(2021)第178758号

边走边唱　　田　旭◎著

责任编辑:陈　艳　　责任校对:谢晓博
装帧设计:丁奕奕　　责任印制:桑国磊
出版发行:安徽师范大学出版社
芜湖市北京东路1号安徽师范大学赭山校区
网　　址:http://www.ahnupress.com/
发 行 部:0553-3883578　5910327　5910310(传真)
印　　刷:江苏凤凰数码印务有限公司
版　　次:2021年11月第1版
印　　次:2021年11月第1次印刷
规　　格:700 mm × 1000 mm　1/16
印　　张:14.25
字　　数:174千字
书　　号:ISBN 978-7-5676-5338-2
定　　价:56.00元

序　言

田旭是学计算机的，却能对花草树木情有独钟，且拥有一份对语言文字的敏感和细腻，让人钦慕。我们曾同在安徽师范大学求学，我学中文，他低我一届，算我师弟。虽同在皖西学院工作，但真正熟悉且同气相求，是在实验实训教学管理部共事之后。多届师范生教学技能校赛省赛，他都与我并肩作战，为我排忧解难，是个名副其实的热心肠老弟。因共事而经常在一起谋划交流，开始发现他身上的艺术气质和超脱情怀。书中《美在前行》和《三上齐山》两篇，就是我们共赴池州学院，他作为领队率10位选手参加第九届安徽省师范生教学技能大赛，在中途和之后匆匆挥就的。

全书分“四季风景”“草木有心”“观读随想”“岁月如歌”四个部分，都是他的日常生活体验与书写。法国著名雕塑艺术家罗丹说过，生活从不缺少美，而是缺少发现美的眼睛。这本书的写作缘起，竟是因为陪读。和其他无数家长一样，租房陪读的日子，有焦虑且颇难熬；但作者陪读能培植出自己读书写作的兴趣与能力，让人赞叹不已。于众多家长而言，陪读更多只是展现对孩子成长和发展的一种陪伴和责任，以便为孩子高考前关键阶段腾挪出更多的学习时间，避免上学放学较远路途的不必要折腾，体现出父母的情感关爱；而对作者来讲，陪读也是一个学习过程、一种重要精神生长方式。伴随着陪读而来的，是作者对自然与人生的审美化理解。与陪读之前的生活相比，作者的世界增加了思想深度与情感温度，满贮着诗情和哲理。

以前文提及的《美在前行》为例。作者写酒店的后花园，移步换景，近看树和叶，远望山和水，把齐山色树和平天湖静水相接共生，相映成趣。文中的一个“扎”字，拟人法绘出动态感。田旭不顾破损木栈道的险情，显现出对后花园美景的痴心迷恋。小池小桥荻花，红树蓝天残叶，俯瞰仰视之间，是油画，似仙境。也正是那次池州之行，因和比赛会场挺近，我们师生抽空到齐山和平天湖一趟，归途中大家兴味盎然，田旭曾即兴赋诗一首：天湖齐山一线牵，阅尽风光心有莲。马踏池州差强意，不上九华待来年。当时我也随兴附和一首：池州竞技醉深秋，师生偕同湖山游。问树取景意兴旺，翠微亭前道义求。《三上齐山》便是作者池州之行回来后创作的。

作者曾因右腿骨折而生对健步如飞的渴望，这种渴望自然因康复而成为现实，并因此而悟得不必纠结于工作和生活中的各类困苦，转而要有边走边唱、乐观坚韧的生命姿态，并表达对儿子乃至所有有幸触摸此书的读者们的一种真诚期待。我们从这本书中也能真真切切地感受到作者的文字写作功夫。这种生命姿态和写作功夫本身，何尝不是有趣生活与艺术人生的积淀与呈现呢？

有句很流行的话将有趣的稀缺与高贵诠释得很到位：好看的皮囊千篇一律，有趣的灵魂万里挑一。这个“有趣”，就是人与自然山水草木共情，从而产生人与他人的思想感情共鸣共振，人与他人及环境融为一体。中国传统文化中的天人合一，原本就蕴含着有趣的人生。

作者右腿骨折的这一人生经历，是对“塞翁失马，焉知非福”的真实写照。《边走边唱》中的清丽文字及其所折射出的艺术之光，鲜明地反映出作者善于从寻常中发现不寻常，体现出自然山水和文化典籍对人的灵魂的关爱和滋养。这对沉溺在琐细平实工作与生活中的我们而言，读后自会油然而生一种“柳暗花明”之感，并情不自禁地溢出亲近自然的冲动，也想与作者一样，通过读书、思考、写作去彰显诗意人生。不信吗？请读读看，倾听文字说话。

陈尚达

2021年6月5日

目　录

四季风景♧♧♧♧♧♧♧♧♧♧♧♧♧

观读随想♧♧♧♧♧♧♧♧♧♧♧♧♧

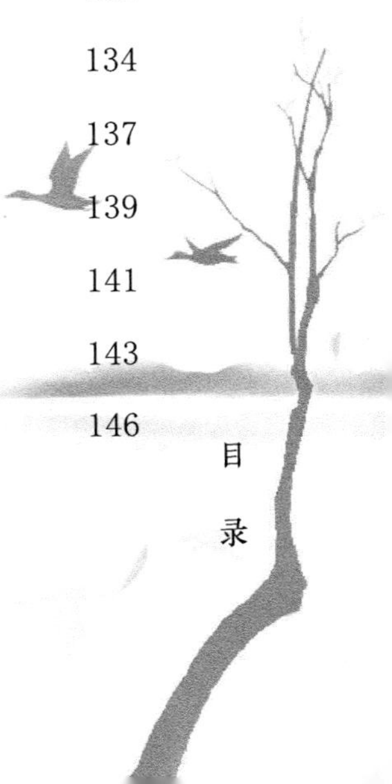

岁月如歌♧♧♧♧♧♧♧♧♧♧♧♧♧

四季风景

写给秋天

走在八月的树荫下，不经意间，一片黄黄的叶子在眼前飘落。我知道，秋天将随之而来。这，可是给我的秋天？我将以怎样的喜悦来迎接她呢？清扫干净蛰居的小屋，整理好桌上零乱的书籍，在案头上摆一个素雅的花瓶，再插上一束无名的小花……我要拿出所有的清新和明净，来迎接这个给我的秋天。

在这个是收获也是播种的季节里，我有很多很多的事要做。首先是书桌前的静思，回首前半年，展望后半载。一度春秋一级台阶，风风雨雨中不坠青云之志。

我要到邮局去，去给远方的朋友寄去故乡秋天的气息，让他们漂泊的心中多一份温馨。

我要到书店走走，买几本关于秋天、关于生命的书，然后沉浸于飒飒秋风和绵绵秋雨之中，体味秋天，体味生命，让心之田地在秋的高洁中接受洗礼。

自然，在这样的季节里，我要出门远足，去拜访秋天的山山水

水。拜访的姿势是站立山野，尽收满目的秋光。我知道秋天里有许多美丽的花儿要开放，当然我也知道秋天里的野菊花，小小的，遍地都是，黄灿灿的，正如满地的阳光。这阳光开满了整个秋天！而我就喜欢坐在这阳光中。其实，那阳光也洒在我的心上。

我还要回一趟乡下，去看一看田地里那沉甸甸的朴实的稻穗，看一看和稻穗一样朴实的亲人。我也要和他们一样，光着脚，高卷着裤管，不停地挥舞着胳膊，高声地说笑，大口大口地喝着清凉的井水，在镰刀和汗水的翻飞中贴近土地。当金黄的稻谷在晒场上和太阳交流丰收的喜悦时，我要躺在新堆的草堆上，美美地睡上一觉，让那浓浓的草香淹没我，让那质朴的乡情看牢我。

……

这个季节里也会有风，也会有雨。可是，岁月既然给了我这个灿烂的季节，我就要以辛勤的劳动来把握她、充实她、拥有她。

同样地，岁月不也给了你一个灿烂的秋天吗？

（本文写于1995年9月）

河西的秋天

河西的秋天，完全是个不一样的秋天。这个周末的下午，我是真切地感受到了。

在岛上待久了，已经忘记了秋天的模样。这样的日子里，银杏未黄乌桕微红，鸡爪槭早已卸了所有的红妆，惟有草地上轻摇的白茅和羞涩开放的马兰花还在执着地提醒着：秋的盛宴已经开始了。

河的一边是城市，车水马龙地沸腾着，另一边是个公园——湿地公园，其实整个月亮岛也是湿地公园的一部分。我这样的年龄，城市对我已没有吸引力了，心里总是惦记着对面的那座公园。也曾数次骑行而过，并没有特别的感觉，那时的我在意的是速度，速度，还是速度。现在啊，不能远足的我，最想的是带着一条不能奔跑的腿，去看一看对岸的风景。

一个秋天的下午，蓝蓝的天空，澄碧的河水，拂面的小风，我骑着单车，一路叮当着出发了。下了赤壁路大桥，扑入眼底的便是一抹金色。那是几株早早知秋的枫香树，金黄的叶子，在一片深暗的绿中显得特别耀眼，蓝天白云下，也显得格外有秋天的气息。然而，这些枫香树们外形并不是十分接近，有几株还是夏天的模样，翠绿欲滴着。还有一株远远地独立着，若隐若现的，酱红的样子，走近了才发现，没有经霜的红色，那么勉强，宛若醉酒的脸，可爱着，很有生活的气息。

这时节，雁阵已开始准备向南飞了，然而，脚下的草地却还没有摆好秋的姿势。在草地上走过，全然不是秋的味道。远远近近的树木，依然绿着，全然不着秋的颜色。草地上的落叶，在夕阳下，红红的，像含苞欲放的花儿。

穿过一片樟树和有荷花、玉兰的林子，又是一抹金黄扑来。这一次是几株叫作七叶树的精灵，深深浅浅的黄绿间杂着一点紫红，七片叶子，宛若手掌般伸展着，阳光下，亮亮的，心情都跟着明亮起来了。急急地靠近了，没有拥抱，只是牵着手，坐在草地上，背靠着背，一起仰望这蓝蓝的天空。此时，云朵开始多了起来，夕阳无限温柔，在这温柔的光里，我们沉默着，分享着关于秋天的一切。

再往前，远远的一丛芦竹花映入眼帘，择水而居的芦竹正绿着，初开的芦竹花没有一丝苍苍的样子。然而，让人惊喜的是，芦竹丛下的秋水边，一小株乌桕静静地站在那里，矮矮的，零乱的树枝斜斜地伸向水面，枝上满是杏黄的微红的叶子，水波轻漾，油画般的倒影，这不就是诗经上那个流传千年的美景吗？我不禁目瞪口呆了。想来，秋水伊人，不过如此罢了。

漫步河边，一阵秋风吹过，落叶纷飞，十分美好。

（本文写于2018年10月）

美在前行

腿伤愈后留下了一个习惯，没事就四处走走，抬头看看天空，低头认认小草，不经意间，美景就会闯进眼里来。

带一群学生到池州参加比赛，同学们进入赛场后，我就无事可做了，想起在酒店阳台上看到的室外美景，便信步往酒店的后花园走去。

酒店的后花园是个临水的园子，有几株法国梧桐，叶子在阳光下明晃晃地闪着光。露水很重，叶子如水洗过一样，很惹人注目。像我这样喜欢色彩的，自然是围着她们，左一张右一张地拍了起来。对面是齐山，岳飞写诗的那座山，上面有个翠微亭。山和酒店间是一泓湖水，这湖水应该是平天湖的一角了。对岸有几株亮黄的银杏和褐红的水杉，和山色一起扎进平静的湖面，静水映秋山，美美的。

这个后花园估计是用来拍婚纱照的，有草地有花圃，有各类婚礼道具，这个时节，全都是无精打采的，无人打理的样子，很寂寞。

湖边的木栈道破损得厉害，我小心翼翼地坚持着往前走。前面路边有几株水杉，很撩人。走近了，居然还有小水池和小木桥，几枝荻花闪着银光。红树蓝天残叶，真的很像一幅油画啊！桥边，两株鸡爪槭，红红的叶子，在阳光下滴血一般，醉心醉眼。再往前走，是一个西式的圆形围墙，一圈拱门，漆色斑驳。鸡爪槭的红叶，斜斜地探出墙头来，甚是好看。

听不到城市的轰鸣，林子里只有小鸟在叽叽喳喳地唱着欢快的歌。这份闲情，让人心生惬意。

往回走，岔入一条小路，远远的一片灿烂把我吸引了过去。那是几株红黄红黄的枫树，阳光洒在叶子上，灿烂绝美。我敢说这是我所看到的最美的枫树！叶子靠近叶柄处是黄色的，由叶柄向叶缘过渡为红色，真的像火焰一样。这就是火红了吧？没有风，但那颜色分明是跳动的、燃烧的。看着它们恣意的样子，我整个人都跟着灿烂起来。

池州真是个好地方，酒店的后花园居然都可以如此之美。我可以理解李白杜牧他们当年为何在此流连了。

感谢不停歇的脚步，带我前行，往前走，更美。

（本文写于 2018 年 11 月）

三上齐山

齐山高不高？不高，海拔87米。齐山美不美？算不上美，没有特别出名的景致，2A景区就是个佐证。然而，我却三上齐山，每一次都是欣然前往。

十几年前，第一次到访池州学院，黄昏时分，硬是央求江老哥骑着摩托车载我前来。时正待我，在日落前的那一刻，赶到了岳飞广场。当时，夕阳西下，一抹余晖笼罩在岳飞像上，辉煌无比。

第二次来访，是2018年国庆节出席学生的婚礼。提前到了池州，时间尚早，心中便又念起了齐山。齐山、翠微亭，李白、杜牧，还有岳飞，这么多故往涌过来，不由得我更想细探了，这次是铜陵的宋老弟作陪。一路走来，看四壁山水，才知齐山也是喀斯特地貌，洞窟众多，且有大量摩崖石刻。然腿疾未痊愈，爬山久了腿痛，不能尽览齐山胜境，颇为遗憾。

今又上齐山，颇有“传道”之意了。因为来参加比赛的这些同学居然不知道岳飞登翠微亭所写的诗，更不知道齐山，我当传之。

比赛的闭幕式在上午十一点举行，静等实在是无趣，而酒店旁边就是平天湖和齐山，于是，振臂一呼，带上学生览平天登齐山。

“水如一匹练，此地即平天”，李白所言极是也。平天湖真是平啊，不论是鱼鸭，还是远处的游船，激起的水波转眼即逝，无论你怎么折腾，湖面依然一平如镜。是水深吗？还是心静呢？水阔如天，真乃平天也。可惜没有充足的时间，不然荡舟湖心，体味平天真味，定是十分震撼。现在，我们啊，只能是走在湖边，把手伸进湖里，握不住一朵水花，激不起半圈涟漪，只有畅想了。

走过湖畔，直上齐山。山就在那，不高也不出名，然而得仰视啊。要知道，李白当年曾在此写下“摇笔望白云，开帘当翠微”的诗句。在近百年后，杜牧任池州刺史，以诗为名，在山上修建了翠微亭，齐山从此声名鹊起。等到岳飞一首《池州翠微亭》流传开来，齐山的神韵更增了一分悲壮。今天，我们在比赛之余登齐山上翠微亭，既不是游山玩水，也不是打发时间，我是想告诉同学们，“好山好水看不足”，更上一层楼，才是人生要义。

匆匆一过，青春正当年少的同学们，他们也许明白，也许不明白，毕竟他们的天空正蔚蓝，他们的阳光正灿烂。

三上齐山，仍不得见其全貌。下一次，谁陪我同来呢？从山上下来，门口一株枫树开心地红着，绚丽无比。

（本文写于2018年11月）

周日的河边

租房的日子实在清淡，不上班不加班时，就只能整天窝在房中看书。周日的下午时分，实在是乏了，便决定出去走走。

租住的地方在市中心，马路多商场多。唯一的新华书店，周末挤满了孩子，去过了几次，今天就不去凑热闹了，到河边去看看吧。说是河，其实就是新淠河干渠，人工挖的，这个城市的饮用水全靠它了。

这是第一次在新淠河边散步，天阴沉沉的，雾霾很重，然而河水却是清亮亮的。河穿城而过，岸边居然留出了一大片的绿地。樟树、女贞等常绿的树木，这儿一团那儿一丛，错落有致。河边的柳树上挂满了长长的枝条，柔柔的，透出嫩黄的味道。春天一到，肯定是满眼的窈窕。

绿地上的景观植物很多。南天竺的果子红灿灿的，红玛瑙一般，远远地就把我的目光吸引了过去，赭红的叶子很好看，可惜没有阳光，手机怎么也拍不出感觉来。旁边的栀子花，新叶经霜后乳黄中浸绿，叶脉清晰得像地形图上的山脉，好看也入镜。一转身，那边一丛丛白花吸引了我。很奇怪啊，这个季节飞蓬之类早就带着降落伞四处流浪了。走近一看，哈哈，原来是千里光的果实。我看到的白花其实是它球形的果实，类似蒲公英的果实那样，小小的种子藏在里面，外面是白白的花絮，远远看上去，就像一朵朵小白花，用力一吹，白絮飞舞，如仙女散花一般。可惜我是一个人来的，没办法自吹自拍了。

穿过吊桥，来到对岸。紧临河边修有步道，步道两边挤满了大大小小的树。有一种树，有好几棵，树皮光滑，树干上间隔一段就有个大大的树瘤。树上的叶子全落光了，没有办法辨认。等到春暖花开时，我一定再来拜访。

步道边有几株木莲树，乍一看像是冬青，但它的叶子形状要更圆润些。木莲枝顶的嫩芽是红褐色的，尖尖的，像是迷你的竹笋。木莲的花也很好看，可惜现在不是开花的季节。

前面的路边伸过来许多枝条。叶子青绿的是迎春花，在这样寒冷的日子里还坚持着，想来怕是在积攒能量迎接春天的到来吧。叶子青黄有点萎缩的是棣棠，横七竖八地支棱着，有一枝上面的叶子是亮黄亮黄的，在这样灰暗的冬日里，很明艳。于是举起手机，围着它拍了起来，上上下下，前前后后。它哪里是冬天的棣棠，简直就是一位新娘子啊。

再往前走，树丛中有很大一片常春藤，深绿的叶子星星般铺满了地面。几乎每个树干上都有那么几根藤子爬在上面，昂首作向上状。它的美丽是需要借助别人的身躯的。

步道很长，只有我一人独行，感觉很安静，近在咫尺的噪音也听不见了。其实生活就是如此，当你内心安静时，再大的噪音也干扰不了你。

（本文写于2019年1月）

大青山李白墓

周末无事，安工大有个会议，老友相约，于是便欣然前往。除了参会，还可以见见老朋友。多年未见，免不了一番感慨，两杯浊酒，三五豪言。

马鞍山和芜湖相邻，是我相对熟悉的一个城市，最早是1992年在芜湖读书的夏天来过，后因种种原因也多次来过。采石矶、雨山湖自是常去的，但一直未去过大青山的李白墓。这次，我一定要去看看。

于是，便约了老宋一起出发。大青山在当涂，从安工大过去，车程半小时，下高速就到了。

墓园不大，这样清冷的冬天，只我和老宋两人。举步进园，导游用尖尖的声音将烂熟于心的解说词背将起来：“李白字太白，号青莲居士……”

迎面是个大大的影壁，右转进入碑廊。墨色的碑嵌在白色的墙中，上面刻着古往今来众多名人雅士书写的李白的诗篇。碑的材质一般是花岗岩、大理石等，手摸上去，凉凉的。多年以后，也许这碑都不在了，但那些诗还会被吟诵着。

碑廊是环绕着一方池塘建的，白墙黛瓦，杨柳垂丝，倒影入水，甚是静美。这样的美景，“举杯邀明月”的李白也许是喜欢的。塘边几株红梅，花蕾状，若朱砂，为这个清冷的下午增加了一点点明艳。

转过池塘，几间房子隐身于高大的樟树中。没有阳光，阴森森的。李白墓就在前面了。

一个小小的土堆，围以青石条，长眠着“笔落惊风雷”的千古诗仙。墓碑上的字导游说是杜甫写的，感觉时间上不对。李白去世时，杜甫正困于巴蜀，并没有写下悼念李白的诗篇，他当时应该是不知道李白去世的。现在这个墓是在李白去世50多年后，由龙山迁过来的，而那时杜甫早已仙逝。李白一生极喜欢谢朓，入葬大青山是其心中所想。可惜青山隐隐，谢朓的墓早已不知在何处，如今在山顶上只有个谢公祠了。然而，大青山有幸啊，有这么两位大诗人相守相伴。

听导游说，这个旅游景点不久就要承包给私人经营了。忽然想起刚才看到李白墓碑上的那个类似铜钱的标志，不知以后李白还会有钱沽酒吗？

马鞍山市的别称叫诗城，一个因李白而名的城市，李白的墓园还是别折腾了吧。

（本文写于2019年1月）

暖暖的作家村

霍山的美景多，知道作家村和画家村很久了，但一直没有分清谁是谁。今天终于分清了，曾去过一次的是画家村，几间旧房子，没有画也没看到画家，非常失望。这次和几个老学生们跑了一趟作家村，有山有水，有书有名家，完美。

去作家村的交通很方便，从单龙寺下高速，前行右转，顺着乡间公路，驱车大约二十分钟就到了。作家村所在地是东西溪乡，穿过街道，就看到一栋栋年代感久远的房子，灰砖青瓦，沉默古朴，暮色中俨然有势，不失威武。

住的地方是旧厂房改建的，临水而居，推门即闻溪水淙淙，很是惬意。吃饭的餐厅是也是旧厂房改建的，山里人的农家菜，亲切温馨如软软回环的霍山话。

早晨在冬天的暖阳中醒来，天蓝如洗。跑到镇子上，钻进大排档里，和镇上的人一起，吃一顿烟火气浓浓的早饭。拖了把竹编的小椅子，在临街的矮桌边坐定，趴在油腻腻的桌面上，浸在软软的乡情中，喝一碗稀饭。那一刻，早晨的阳光正暖暖地晒着。我觉得我喝的哪里是稀饭，分明喝的是快乐，喝的是飘逸。这样的早晨，简单而幸福。

幸运的是，在作家村参观有个行家陪伴——乡里的陈书记，作家村的发起人之一，全程陪同解说。陈书记是个妙人，东西溪的掌故从他的嘴中说出，实在是妙不可言。

游客中心是利用旧厂房改造的，内部高大宽敞，空间被分成两层，层间用宽阔的台阶一层层向上延伸去，走在上面，如登山一般，很有攀登的感觉。台阶上摆了很多或方或圆的蒲团，随意一坐，可捧书静读，可侧耳倾听，也可就这么坐着，看阳光在眼前轻轻地挪着脚步。

图书馆同样也是利用旧厂房改造的，设计得很精巧，用材和布局别具匠心。阳光从窗子里洒进来，交错的光影，像是一本本立着的书，那画面很冲击人心。馆内的布置依然是简洁的风格，书架和书桌上，摆放着一些老物件，像是有久远的钟声从书中传出来。椅子和沙发坐上去很舒服，一伸手就能拿到书。空旷的空间，听不到一丝噪音，很适合读书和沉思，真的想就这样一直坐着，不走了。

离开时，正是正午，冬日的暖阳直洒下来，作家村温暖而有力。

（本文写于2019年1月）

雨中漫步

早上准备去医院看望住院的弟弟，半路上知道手术推迟，于是就改道去河边散步了。雨淅沥沥地下着，不大不小，正适合撑着伞慢慢晃。

天略冷，河边只有我一个人，算是包场了。步道边，常春藤丛中，还有未化完的残雪，白白的，静悄悄地躲着。下雨的好处是，冬天里灰蒙蒙的一切，都鲜亮了起来，除了一直沉闷的天空。

车轴草的叶子上堆满了晶亮的小水珠，水珠下的绿色碧得喜人。常春藤的叶子被雨水洗过，绿得厚重，隐约泛着蜡质的光。路边构树的树干被雨水打湿了，呈现出赭红色，非常入镜。步道边枯叶满地，一株株杂草，绿莹莹地钻了出来，水灵灵的，满是春天的味道。一片青苔从枯黄的落叶下挤出身子，枯黄青绿，对比之下，很是惹眼。

拍了青苔，抬脚上步道，脚下一滑，啪叽一下，一屁股坐在湿淋淋的步道上。还好，没有摔到腿，也没有滚到河里，雨伞和手机都在掌控之中。赶紧起身，摸摸湿了的裤子，觉得没有什么影响，就继续漫步雨中。

一抬头，一个树干上竟然长出了一大片蘑菇，逆光望去，油黄油黄的，好像红烧肉一样。这样清冷的日子，野外居然还有蘑菇能长出来。在这个神奇的大自然里，只要想生长，只要存有希望，什么时候都会有机会。

站在吊桥上，向河道望去，有一大片法国梧桐连枝带叶斜伸在河面上，树枝上还有几片恋恋不舍的枯叶，在风中轻轻地摇动。雨后略微混浊的水面，再点缀上枯枝黄叶，美极了。我撑着伞，在桥上站了很久。

吊桥的一边是齿轮厂，曾经是这个城市中最辉煌的一角，如今这里将要拆迁，红砖的厂房在冬雨之中更显孤独苦寂。九拐十八巷没有了，鼓楼老街没有了，关于这个城市的过去，只有北门南门双锥沉默地仰望星空，只有皋陶和英布两个封土堆寂然无声。

吊桥的另一边是公园，花花坛坛之间铺满了大理石和鹅卵石。花坛间，一丛梅花早早地开放了。连续几日的雪和雨，不曾减了她的光彩，缀上水珠的花儿更加明艳了。

我就这样慢慢地走着，湿漉漉的裤子不知什么时候已经干了。

（本文写于 2019 年 2 月）

夏天的落叶

三伏天才开始，树下就落叶满地了。还没到叶落知秋的时节，各样的树都绿浓如墨，说是叶落入盛夏倒是正好。

这时节的落叶是不同于秋天的。秋天的落叶美则美矣，但有些干枯的叶子，总是很疲惫的样子。而这些夏天的落叶，叶片总是润润的，很温暖的样子，捧在手里，温暖得有些不舍。

暗红色的是樟树的叶子，阳光下，油油地闪着光。樟树四季常青，秋冬季叶子是不落的，春夏季，她才开始偷偷地换装。翠绿的树冠中一两片叶子红起来，风吹雨过，虽一地飘零，但决然没有秋天萧瑟的味道。樟树的叶子可入药，祛风除湿解毒杀虫。看着路上铺着这么多药，都不忍心抬脚前行了。红叶中还有不少绿意正浓的落叶，这不是被谁打下来的，而是叶子自己落下的。天热了，阳光烈了，为了减少水分的蒸发量，这些绿叶选择了主动告别。

河边有好几株高大的白杨树，风过叶语如诉，非常好听。树下也落了不少叶子，心形的叶子，黄亮亮的，躺在草地上，很吸引人的目光。这些叶子多半是春天来临时，第一批亮相的。那时，北风犹在，春寒料峭，阳光都是冰冰的，可她们依然冒出芽儿，展开叶片，从鹅黄到嫩绿，拥抱阳光，制造能量。白杨的叶子富含维生素和氨基酸，有人掐了嫩叶做菜，焯水后凉拌，说是味道不错。但一想到儿时打猪草，曾捋过杨树的叶子回家喂猪，我就提不起吃它的兴趣了。

环岛路的行道树大多是合欢，合欢的落叶也是明黄的。小叶子像是撒在地上的稻粒，偶尔有一个大叶的，像极了彩色的羽毛，感觉比树上绿色的叶子要好看很多。合欢的小叶暮合朝展，古人认为合欢蠲忿，庭院里是不可不栽的。只是叶子一落，就再也合不起来了。落下的那一刻，就是分别。

关于树叶，只要是真的叶子，每一片都要落下的，不在夏天，就在秋天。

（本文写于2019年7月）

鹍落坪之多枝尖

帕斯卡说：“人类的一切痛苦源于无法在安静的房间独自坐着。”我没有帕斯卡那么丰盈的灵魂，又逢周末，不愿忍受相对而坐的寂静，驱车出门，去染一身秋色，正如我空巢如秋的年龄。

出行的方向是岳西鹍落坪，国家级自然保护区。每次听到看到“鹍落坪”这三个字，心都为之一紧。网上的文字只找到几篇简单的游记，没有地点坐标，没有路程，完全不能当作攻略，更多的是关于鹍落坪的一幅又一幅的美景图片。于是，第一次没做计划没有攻略，只心存念想，奔着一个方向就出发了。

从单龙寺下了高速，顺着旅游快速通道向前。车过白马尖，路一下子变得狭窄起来。双车道，路边或山或河或村庄，挨得很近，像是要把路握住。山路盘旋起伏，车子不多，车速也不用快，天高云淡，秋色如染，一路绚烂着前行。

没多久，远远地看见路边石崖上有“十里画廊”四字。停车前去查看，可惜无任何说明提示，仅四字加一箭头。石崖下窄窄的水泥路，仅能一车通过。据说这里的美景都是原生态，但我此行的主要目标并不在此，还是继续前进吧。

继续前行，跟着导航右转，穿过一个简单的牌坊门，真正进入了鹞落坪保护区。山路不宽，两边挤满了杉树，路边亮黄的叶子，在风中频频向我招手，三两个弯一转，不由得停下车来。下车，取手机，构图，拍照，挥手，前行。再转两个弯，又停下车来，路边亮黄的叶子，舞得更好看了。下车，取相机，聚焦，按快门。再转两个弯，路边还是亮黄亮黄的叶子，身段更美，只是我不再停车。路边的风景虽好，但那不是我最终的目标，看看就好，我要继续前行。

汽车在秋景灿烂的密林中穿行，山风阵阵，沁人肺腑，真想这样一直走下去。山回路转，一片建筑从树林中探出来，目的地到了。停了车，走过一座吊桥，前面就是红二十八军军政旧址了。一排土墙瓦顶的老房子，默然如松。房子边有一株四百多年的银杏树，树叶在风中沙沙作响，仿佛是诉说当年的峥嵘岁月。初黄的叶子，阳光下闪着软软的光，像极了成熟的稻穗，丰收的味道挤满了眼睛。

在军政旧址的广场上，抬头东望，对面是大别山第三高峰多枝尖，山形如鹞鹰，从峰如翅，原来这就是“鹞落坪”名字的由来。这山峰，就是我想登的。

在广场对面的春林农庄简单地吃了午饭，稍事休整，我们就出发了。老板说来回要五六个小时，山里夜色早，我们得在天黑之前赶回来。登山的必经之路在春林农庄的右侧，走过一段长约五十米的土坡路，接近一排土墙农房时左转向上，进入树林，登山就开始了。

起初百米左右的路上有零星的石板，像是条路，再往后，基本上只是路的影子。不过也不用担心迷路，一路上都有驴友们用各色丝带扎的路标。下午爬多枝尖的只有我和爱人两人，一路时不时地遇见下山的人们，相互交流着行程，倒也不孤单。

路过一块茶园，进入一大片金钱松林，地上满是松针，软如地毯。阳光洒下来，斑斑驳驳的，像是波光粼粼的水面。未到深秋，松树的叶子还没落完，树梢上黄绿的叶子间，露出一小片的蓝天，抬头望去，仿佛是一口深井，那树干就是井壁了。而井底这或明或黄或蓝的林间天空，分明就是一个倒扣的调色盘。

穿过松树林，前面灌木丛生，黄肥绿瘦，间或几片耀眼的红叶子，人行其间，像是走入莫奈的油画中。脚下的路渐渐没在箬竹丛中，要奋力分开交错的竹枝才能往前走。箬竹时而高至头顶，时而缠绕腰间，我们像是在碧波中破浪前行。

上山的路，其实是山泉冲出的小水沟。沟里是大大小小的砾石，覆盖着落叶枯草。一段段，还有细细的水流，走在上面很容易打滑。人往山上走，水往山下流，一路相遇相伴。爬山虽是辛苦，但耳畔虫嘶鸟鸣，有阳光在各色叶子上跳动，时而还有水声淙淙，境美忘倦，只想不断地向前向前再向前。这样的爬山，比在修砌整齐的山路上行走要幸福多了。

春林农庄的海拔大约是1150米，我们爬到海拔1500米左右时，路边的树林开始高大起来。高大挺拔的是一排排松树，它们伸着枝干，像是在列队欢迎我们的到来。正在欢呼雀跃时，眼前突现一大片断壁残垣。片麻岩垒就的石墙，门窗空荡，青苔斑斑，犹有人音。浓郁厚重的松影下，别有一种苍凉。

主峰很陡，好在上面有一点凿痕，手脚并用爬上去，豁然开朗。极目远眺，绵绵青山尽在脚下，疲惫瞬间消散，真所谓“会当凌绝顶，一览众山小”。

山顶是一小块平地，周围是一圈五针松。坐在松树下，吹着习习山风，看群山逶迤，拍张照片，跟远方的儿子分享一下登临山顶的快乐。据说在这山顶能看到大别山主峰白马尖和天柱山，可惜没做功课，没能辨认出来。

下山是原路返回，黄昏的山林，虫儿鸟儿还是一路相伴。虽然是原路，但由于角度不同光线不同，景色依然让人不舍。真正的美景，不论从什么角度去看，都是美的。

（本文写于2019年10月）

鹞落坪之十里画廊

也许是山里的空气好，累了一天，第二天一大早还是醒了。洗漱后在春林农庄附近散步，看朝阳慢慢地把周围的山峰染成金色。此时要是能在多枝尖上看日出，看旭日东升浸染群山，那一定很美。天晴，蓝得一丝云也没有，不然多枝尖上的云海也够赞叹的。

原计划上午去隔壁湖北的桃花谷看红叶，早饭时和一位昨天去过的驴友聊天，说是桃花谷的红叶只剩下两棵树了，网上流传的红叶泻瀑美景中的流水没有了，上游有人盖房子破坏了水源，不值得去了。开心的是，他告诉了我怎么去十里画廊。鹞落坪的清晨有些冷，但人心很热。

吃过早饭，先驱车前往皖鄂交界处的楚昭关看看。令伍子胥一夜白头的昭关在安徽含山，没能找到这个楚昭关的缘起。这地方是吴首楚尾，春秋战国时设个关隘是自然的。这座楚昭关也就是一座小城楼，横跨在公路上，没有一点古味。关门上的两副对联倒是有些气势，面向安徽这侧是“一关通鄂皖，两眼望江淮”，面向湖北这侧是“楚尾吴头一关扼险，淮南江北二岭扬威”。昭关的两侧山脊上有城墙绵延，登上去，一边是岳西，一边是英山，望皖看鄂，若是执盾仗戟，定然威风凛凛。晨风轻起，山脊上群松无声，丝毫没在意城墙上大做英雄梦的我。

稍往上爬，一石碑突现，上书“江淮分水岭”。淠河东源的干流黄尾河、支流包家河都发源于此。没曾想，日日环绕月亮岛的淠河水竟然源自这块土地。我来鹞落坪的执念，冥冥之中难道就是这个吗？

下得昭关来，沿着089县道前往十里画廊，没多远县道就变成水泥小路，挨着条小河蜿蜒向前。车过天外天宾馆不久，河对岸山坡上突然闪出几株红叶，清晨的阳光下，透亮地红着，明艳如血。我敢肯定那明艳的红，我是从来没有见过的，当时我就惊讶地叫了起来。其实我更愿意守在河边，和她相视而坐，直到红叶飘尽。

没有路标，车行十几里路后，远远地看见路边挤满了大大小小的车子，我知道十里画廊到了。费尽心思停好车，我们就兴冲冲向着画廊进军了。

十里画廊景区的路，其实是修在半山腰的水渠坝。整个行程，一会儿在水渠坝上，饱览秋林野草；一会儿下到河道里，玩石戏水。这季节是枯水期，河水潺潺如线，或浅浅流淌，或击石而过。一个个深潭，水碧如玉，清澈见底。风吹细浪如鳞，阳光落下来，光影交错，恰如满天繁星。一处处河道里乱石攒聚，如沙场点兵。一处处河道就是一大片整块的石头，平整如床，侧身可憩。又有石块经长年的沙磨水洗，犹如一幅幅古拙的国画。可惜秋未深，霜未降，两岸树林秋色初具，仅有几棵树的叶子有红有黄，远不到橙黄赭红层林尽染。好在河边一丛丛的荻花，银白如雪，慰我秋心。

曲曲折折，上上下下，路程近半时，我们往回走了。景未尽，心不舍，无奈车停在入口，力有不逮。

出了画廊，我们在入口的河边小坐，拍打粘在身上的草籽。再仔细的拍打也不能完全阻拦这些聪明的草籽们，最终还是有几枚跟着我回到了月亮岛。这些机灵的草籽们，等不及跟着明年的春潮顺流而下了。我把粘在身上的它们撒进校园的绿化地里，希望它们能在这里生根发芽，希望来年春暖花开，它们又见春风时，依然还能记得我们第一次相遇的地方：十里画廊。

（本文写 2019 年 10 月）

踏秋桐源

忙完一周，周六虽然阴云密布，不是出门的好天气，但我和爱人还是出发了。这一次，是计划先去燕子河大峡谷，再去长岭乡看那棵古银杏树。

在霍山下了高速，车过黑石渡大桥后，便驶入盘山公路，这是我的最爱了。车行山间，上上下下，左左右右，加速减速。车技不咋样，但享受山路行驶的心情。路两边，山色灿烂，我专心向前，只留下爱人的一路赞叹。

山路开车虽很享受，但遇到美景心里还是痒痒的，还是要偷偷地瞄上几眼。实在好看了，便想着，回来还从这走的，到时再慢慢看慢慢拍。这样想了，就不影响开车了。路上很多超车的，只要路况允许，都降速靠边让行，不斗气，保持好心态。

近十一点时，到了燕子河大峡谷的停车场，找个农家乐吃中饭。老板是燕子河本地人，实在。农家乐的环境还行，就是菜太咸了。

吃罢中饭，我们就奔向大峡谷了。从景区全景图看，整个行程就是沿着峡谷两岸走个圈。这季节，峡谷枯水，河床朝天，乱石嶙峋，两边山色枯落，一副冬天的样子。也许是天气阴冷，没几个人，景区更显空荡，此时游空谷，倒也合适。

景区的步道沿峡谷两侧山坡而建，谷底有水声，谷上有鸟鸣，而谷中有景区的广播。广播中放的音乐旋律虽好，但我更爱听水声淙淙鸟鸣啁啾。难得路上遇到一两株有红黄叶子的树，围之拍了又拍。路尽头有一吊桥，桥头树叶秋色分层，桥上空无一人，孤独地像是在等待着谁，忧伤而美好。过了吊桥是上山路，有九层瀑布可看。这么干旱的季节，还有瀑布流淌，润人心腑。

峡不在深，有水则灵，谷不在幽，有红叶则炫。一路走来，水弱红叶少，心际空旷如这安静的峡谷。快要到出口时回头一望，峡谷的两岸，山色远远望去，还有不少秋意。秋色遥看近却无，告别的时候，燕子河大峡谷还是温暖了一下我的眼睛。

周日早晨，不急不忙地吃了早饭，告别老板，去长岭看那棵古银杏。校园里银杏大道的叶子已有微黄的了，山中更冷，想来叶子该是金黄金黄的了。车到界岭村，右转由县道进入村道。路在扩建，路面还算平整，施工队很友好，乱石中清出了可行的路面，在我们车子经过时，挖掘机之类的“大家伙”还让出空来。

其实，我早已经不在乎这些了。眼睛都已交给对面的山坡了。两个转弯之后，终于忍不住停了车。要知道，对面山上是我从没有遇到过的秋色。打翻的调色板，层林尽染，漫山红透，这些词都无法表达我的激动。关于秋色，我见过额济纳大漠胡杨的金黄，然而那太高调了；我见过雁门关下绵延群山的广阔，然而那太萧索了；我见过崇左稻田的丰收，然而那太平静了；我见过普达措湖泊密林的凝固，然而那太清冷了。唯有这里，对面山色，让我语无伦次之后，默然不语。我不知道该用什么样的词汇去描述眼前的一切，要知道这会儿天正阴着，甚至还飘着雨，而那山色竟然那么恣意地流淌着。如果是阳光灿烂蓝天白云，我简直不敢想象了。站在正在施工的路边，我心里想，希望这片土地能被好好珍惜，别惊扰了这美好的山色。

离目的地桐源村还有三公里路时，路被堵上了。山路上堆满了石块，机器轰鸣，人也不能通行。停好车子，顺着施工师傅的指引，我们跟在一群村民后，手脚并用，艰难地翻一座山绕道而行。下得山来，没走多远，路边的景色又让我沉默了。这一次，路边是很多大大小小的银杏树，小树树叶金黄，大树树叶黄绿。从银杏树望过去，峡谷蜿蜒，秋色随着山势起伏，像是各色油画颜料从山顶上一直流淌下来。曾经坐在夏天的喀纳斯山坡上想象北疆的秋色，曾经在网络上羡慕着塔川的秋景，现在我站在这儿，什么也不用想了，目不转睛，享受这秋日的饕餮盛宴。如果来点阳光来点薄雾，喀纳斯的秋不过如此罢了。如果再来点青砖灰瓦马头墙，塔川的秋就在这了。“眼色暗相钩，秋波横欲流”，云雾可待，岁月可期，这就是桐源的秋色了。

遗憾的是，翻山前只匆忙拿了相机，没拍两下电就没了，只能用手机记录。然而心中又窃喜，我又有理由再来桐源了。原本是和爱人来看银杏的，没想到半路看到如此美景。佛说，前世五百次的回眸，才换来今生的擦肩而过。我们今天的不期而遇，该是前世多少次的回眸凝望啊。只要心里永存美好，在我们前行的路上，还会遇见更多的美好。

（本文写于2019年10月）

滨河踏秋

出差回程的高铁上，空空荡荡的车厢，人迷迷糊糊地半睡着。睡醒后无意中看到一朋友的微信朋友圈发出的照片秋色绚烂，顿时来了精神，问了地方，居然是我去年冬日和早春常去的滨河公园。

到家吃罢中饭，喝了杯茶，和爱人赶紧出了门，直奔滨河公园而去。这次我们是环保出行，坐11路公交车，在大钟楼下车后，从建行大楼的东侧进入公园。这个拐角的绿地还是那么乱糟糟的，几株瘦弱不堪的乌桕和紫薇都挣扎着伸出红叶，无法入镜。

斟酌了一下光线，我们选择先过淠史杭大桥，到河的东岸。河东岸，吊桥下游的这一段杂树颇多，但只有一两株乌桕树，树林中的一点黄色，主要是构树贡献的。沿河路的两边都是法国梧桐，叶子已经上色了，但从河对岸几乎看不到。这会儿，西斜的阳光也被挡住了许多，没有阳光照射的法国梧桐是不好看的。

来到吊桥上，只见河西岸到龙河路桥的这一段，河边临水处，杂乱地长了许多小乌桕树，叶子或金黄或绛红。树小，逆光，其后面河岸阴影显得很重。于是，我们过了吊桥，又来到了西岸。回过头再看，东岸与水相依着，由绿到黄的秋色，很安静的样子。透过乌桕丛向东望过去，好一幅绚丽多彩的秋色图啊！这是怎样的一幅图画呢？碧水为底，水底又溶进了蓝天的倒影，画的前景是黄黄红红的叶子。风过处，树叶微颤，水面鳞波抖动，银光交错。这哪里是一幅画，分明是一首流动的诗！如果把目光的角度再放低一点，那就是传说中的九寨沟了。盈盈一水间，脉脉不得语。幸运的是，我们遇见了。

再往前走，过龙河路桥，又一次回到东岸。河西岸的山坡上满满都是大株的乌桕树，雍容华贵，可惜被西边的高楼挡住了光线，才下午四点多就没法看了。从东岸望过去，河里满是黑黑的楼房倒影。再好看的红叶，一旦没有了阳光，马上就变得死气沉沉了。这处的美景必须是上午八九点钟来，直接到树下，把头仰起来，才能感受到那种秋绚。可惜接下来要上班，等到周末，乌桕树的秋也许就不在了。记得有个古希腊哲人说过，人不能两次踏入同一条河流。错过是肯定的了，而这一错过，也许就再也看不到了。

这样想着，猛一回头，身后蜿蜒的步道消隐在黄绿交融的秋色中，唯美之极。这么美的路，竟然就是我们刚刚走过的路。失之东隅，收之桑榆。哪里有什么错过，我们的每一步都是美的。一年好景君须记，莫负人间美清秋。走吧，我们踏秋去！

（本文写于 2019 年 11 月）

皖南的秋

多次来过皖南，黄山也爬了许多次，但秋色最浓的时节从没来过皖南，心中没有一丝皖南秋色的模样。这一次出差屯溪，虽没去塔川没上木犁硔没去过白际，但一路上都是皖南的秋，不由得惊叹于她的色彩了。

皖南的秋是绿色的。车过长江，前行进入连绵的丘陵中，这就是皖南了。眼下已是秋冬相交的季节，然而车窗外还是一片片的葱绿，偶尔晃过星星点点的红黄，反衬着远山更远，而近处的葱绿更绿了。“青山隐隐水迢迢，秋尽江南草未凋”，说的就是这样的秋色吗？热闹的绿主要是山上的竹林，阳光照上去，微垂着的竹枝青翠流光，仿佛听得见水声。静默的绿，是山坡上的一垄垄茶园，墨绿蜿蜒，如凝滞一般。水灵灵的绿是山间那一畦畦菜地，那水灵的样儿，仿佛举箸可食。

皖南的秋是白色的。车入黄山市境内，白色的马头墙就从绿树中、田野里、山坡上，钻了出来，像是一群群骏马在奔跑，而那黛瓦，分明就是飘扬的马鬃了。恍惚间，马蹄阵阵，马嘶如鸣。这奔跑的白色，只有在皖南，只有在徽州，才能如此灵动。我又觉得这白色的马头墙是安静的，恰如国画中的留白。白墙为纷繁的大地留出片片空白，似是提醒我们，人生也要留白，不能挤满了彩色。这留白，也许正是前人的初衷吧。

皖南的秋是黄色的。车轮滚滚，路边忽而闪现大块的金黄，那是菊花。那么黄亮亮的一大片，如若能近前拜访，该是有多么美啊。这么想着，仿佛那菊香已透过车窗扑鼻而来。“不是花中偏爱菊，此花开尽更无花。”菊花是我非常喜欢的花，我最爱的菊花是长在野外的野菊花，花开如豆，菊香浓郁。花虽小，但那开满田埂的灿烂，就像深秋时注满眼睛的阳光，暖暖的。不知什么时候，才能看到开满田埂的野菊花，也许只有在皖南，才能看到这纯粹温暖的黄。

皖南的秋是红色的。红色是一株株乌桕树，红色是一棵棵三角枫，还有路边草丛中的三三两两的盐肤木。她们时不时地从车窗外闪过，像是一个个红衣少女，闪着青春的光芒，星星般撒在田野里山坡上，没有交头接耳，没有窃窃私语，红得如此安静，就像是一幅铺在大地上的画。这画不应是水彩，水彩太轻，该是厚重的油画。这幅皖南秋色图肯定不是梵高的，他的画过于挣扎；也不应是莫奈的，他的画过于模糊；这画该是列维坦的，只有他那洗练而沉思的笔触，才能描绘出如此明净而艳丽的秋色。

一阵风吹过，竹涛微涌，树枝轻摇，红红黄黄的叶子在空中如蝶飞舞。山坡上田野里的绿色白色黄色红色，全都流动起来，汇集交融，浸染开去，宛如巴赫的大提琴组曲。我以为，大提琴那浑厚丰满的音色，巴赫那热烈而深沉的旋律，也许最能表达这漫山遍野的秋色。而这，便是我所遇见的皖南的秋了。

（本文写于 2019 年 11 月）

初　雪

雪来了，应该是在深夜，我在梦里和雪握了握手，什么话也没说，我做我的梦，雪下雪的雪。沉默，是表达久别重逢的最好方式。

南方的雪，如果这里也算是南方的话，是水灵灵的，她是化了妆的雨，从天空中，飘飘荡荡地，扭着腰，款款而来，像是谢道韫的柳絮。

雪知道，我，等得太久了。

我在那个过去的秋天就开始摆好了迎接的姿势，我每天把天空洗得碧蓝碧蓝的，只留一丝白纱飘着。我早早地收割完田野里丰收的稻子，捡完每一颗遗落的稻粒。我甚至腾空了老家的池塘和水库，那些久在水底沉睡的土地，悄悄地张开了眼，等待着雪的到来。

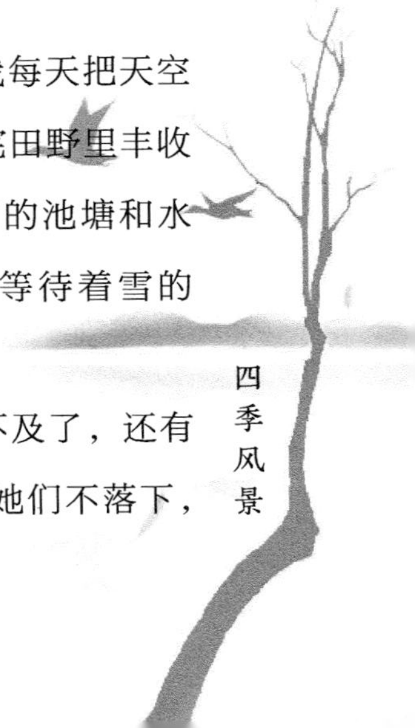

等得太久的远不只是我。银杏大道的叶子已经等不及了，还有半树青色也顾不上了，她们化为蝶儿飘落。她们知道她们不落下，

雪是不会来的。那铺满银杏小扇的大道，太疲倦了，太多的喧嚣，银杏们沉默成了一幅贴画。热闹的是隔壁的法国梧桐，黄黄绿绿的叶子落下，那条柏油路分明是一幅伦勃朗的油画。可是，是谁在清晨，在纷飞的雪中，挥起扫帚，划破这美的永恒？

未曾想，在这欣喜的队伍里，还有热切开放的映山红。远未到早春，在这初冬的寒风里，她们张开了春天的翅膀。这样的雪，必须以春天的姿势迎接那一树冬天的映山红啊！

这是冬天，下着春天的雪，雪花的开放比昙花更要温暖。我伸出的手，抓不住她的一丝裙角。没有风，还未靠近，她就化了，化成雨滴，没入脚下的土地。大地不语，我也学着沉默。

（本文写于 2019 年 11 月）

行走大龙窝

把每次出差都当成旅游，这大约是腿伤之后我最大的改变了。想那时，连散步都是困难，方寸之地自然就是乐园。而出差，是换了个城市，即使是走在拥挤的大街上，也都是幸福的，更何况这次又是去江南呢。

出差是带学生参赛，赛场离酒店很远，把学生送上去赛场的专用大巴后，我便信步往宾馆后面走去。清早在宾馆的阳台上，发现宾馆的后面有一小片热闹的树林和一大片浩渺的水面。

说是树林，只是树略多而已，还算不上林。一个空旷的停车场，车位之间三五成群地立着些树木。这时节，最热闹的当然是法国梧桐了，叶子枯黄地喧嚣着。阳光落下来，叶子亮亮的，像是一颗颗彩色的星星，很适合站在树下仰望。树没有修剪，枝丫们自由地伸展着，这些星星们就触手可及了。

有几棵树落光了叶子，叫不出名字来，树干上缠绕着叶子呈紫褐色的异叶爬山虎。江南的初冬太温柔，霜也太单薄。要是在北方，这爬山虎肯定是灿若红龙，太阳一晒，是可以飞起来的。

停车场边有高高的堤坝，坝里是我在宾馆阳台上所看到的浩渺的水面。旁边有牌子提示，叫大龙窝，一个有故事的名字。

爬上大堤，一大片水面跃然入眼，澄澈的湖水一直铺向天边。湖水尽处，水气中朦胧着一点剪影式的楼房。微风轻拂，波光粼粼，湖底的水草轻摇着，青枝若手，像是和我打招呼。我把手伸入湖水里，手摇波动，向青青的水草致意。初冬的湖水暖暖的，一如江南少女的眼睛，清清凉凉地对着你笑。这微笑顺着我的手，穿过手臂，钻进心里，沁如美酒。

顺着湖堤往前走，一株高大金黄的树吸引了我。白杨，没错是白杨。初冬时节，还能看到一树金黄的白杨，确实是个惊喜。在皖西，往往是一夜之间，白杨就脱去了那身金黄的长衫，进入冬眠。也只有在江南，才能让白杨美得更长久。风吹枝摇，不见黄叶飘零，只闻杨树叶轻语呢喃。这呢喃从脚底升起，没过我的头顶，醇如美酒。

湖堤下是一丛丛芦苇，密密地护着堤岸。灰白的芦苇穗，在阳光下闪着点点的银光。可惜湖风一吹，顿时乌云散乱，吁吁如喘，何有伊人在水之美？倒是择水而居的芦竹，身量苗条，花形如炬，风舞柔美。我以为当年那个秦地少年，肯定是太过于激动，把芦竹看成芦苇了。“芦竹苍苍，白露为霜”，读起来也还行吧。

其实古人更易弄错的是芦花和荻花，白居易《琵琶行》中“枫叶荻花秋瑟瑟”的荻花就是芦花。这么想着，顺着堤坝一路向前踱去。忽然间，视野里的芦花白了起来，走近一看，原来是荻花。一丛又一丛的荻花，悄然而立。花穗洁白如雪，花形似昂首而立的白天鹅。湖面清风徐来，荻花们轻盈起舞，美若一群天鹅。天鹅们旋转起来了，耳边似有双簧管轻柔地吹响，那是柴可夫斯基的《天鹅湖》。太美了，我简直要惊喜地叫起来。

芦花也好，荻花也罢，“最是平生会心事，芦花千顷月明中”，倘若有明月，倒是可以体味一下陆放翁的意境了。清风徐来动渔火，明月对酌看芦花。这感觉，挺美的。

（本文写于 2019 年 12 月）

嵩寮岩

“嵩寮泻乳”是古六安州八大美景之一，作为一个六安人，无数次看到介绍，但却从没有到访过。又到周六了，下午忙完英语六级听力的播放，看看窗外厚重的雾霾，简单收拾下，出门了。这一次，我们的目标就是嵩寮岩。

冬日的夜色来得早，赶到住宿的九月山庄时，天已完全黑透了。远远地看到山庄挂出的红灯笼，上上下下点缀在漆黑的夜幕中。山路回环，感觉车子像是航行在水面一般，而那些红灯笼便是一盏盏航道灯。

吃过饭，在寒气逼人的山庄外闲走。虽说山里的雾霾小了些，但夜色浓稠如墨，星空仍然无法仰望。红灯笼也不见了，邻近村庄的灯火三星两点的，弱得可怜。偶尔的一两声狗叫从远处传来，更显得夜的寂静。夜色像是把人密封起来一样。这样的冬夜，只适合坐在房间里听琴读书。

早上起来，只见晨雾淡淡地飘满了田野山头。收割后的稻田枯黄地卧在山间，翻过的田地无力地荒露着，池塘水浊浊地半干着，所有的树，甚至连竹子都散发出枯枯的味儿。没有阳光的照耀，没有夜色的遮掩，冬日的山野一片凋零凄荒。这个冬天太渴了。

从九月山庄出发，约半小时车程就到了嵩寮岩附近。说是景点，其实安静得像是不存在一样。沉默低调的标志提醒我们，应该是已经到了景区。路边仅有的几块宣传栏上都是关于地质方面的介绍，说着几亿年前的故事，关于景区内的线路方向，一点也没有。我们早已习惯了这种空空荡荡，便凭着感觉往前走。

顺着水泥路，前行约二十米，路一回转，一座山门从头顶上压过来，门头上是“双蟾寺”三个镏金大字。寺门虽小，但很有气势。寺门呈外八字形，这种风格在寺庙中倒是很少见。寺门外的墙角里有野菊花数丛，惊艳地开着。未等举步进门，就听到从寺内传来热闹的综艺节目声，大约是听到了我们的说话，声音接着变小了。进得门来，寺门右侧有一木桌，上面零星地摆了几种香。桌后一中年男子捧着手机，问我们要不要烧香，劝了几声，见我们默不作声也就不再坚持问了。“这里不要门票，不烧香就不用花钱。”中年人说完又继续关注他的手机了。

寺内的院子不大，错错落落的几间房子。大雄宝殿是嵌在山崖下，还没来得及细看，又过来一抽烟老人，热情地问要不要请香。婉拒之后他也不生气，热情不减地告诉我们上山下山的路如何走。

从左侧一小门出寺，门外是新铺的台阶，灰白的大理石，总感觉滑滑的。没走几步，迎面就是赭褐色的山体，上书“江淮第一岩”五个大字，这口气倒也很谦虚。按照指示牌向侧面走，离开巨石一段距离后，回头看岩石全貌，整岩为山，山体红褐，山虽不高，但重重叠叠的岩石纹理中却透出一丝威严。回过头来继续前行，有文字介绍，这边的山叫雌蟾，东侧那座山叫雄蟾，双蟾相望，即“双蟾寺”名字的由来。上网一查，这里早在唐朝就有寺庙了，那时叫“云居寺”，晚唐诗人皮日休曾有诗吟唱过。

上得岩顶，环望四野，远远近近，丘陵起伏，层峦叠嶂。只是山野枯寂，草色中不见一丝湿润，许多灌木是叶枯而不落。我想这些枯叶应是渴死在枝头的，叶柄还护着来春的芽儿，不知明年的春风还能吹绿它们吗？

下了雌蟾，顺着石板路，穿过灌木丛，绕了个半圆，我们来到雄蟾前。沿着蟾背爬上蟾的额头，眺望对面，雌蟾的样子活灵活现。两蟾之间是一道冲，千万年过去了，它们就这样相互守望着。若在夏季，这道冲里肯定是蛙声如鼓的，那些蛙也许就是它们的孩子吧？在冬季，夜阑人静，当孩子们早已冬眠酣睡时，我想知道，他们俩又会说些什么呢？天空中，几只飞鸟划过，鸣声如咽。

雄蟾的头伸出幅度较小，未形成山洞，因而没有建寺庙，也没有香火。没有被打扰的雄蟾，脖子上石英砂石还保持着原生的紫红水红相间的颜色，像是蒙在少女脸庞上的红纱巾，红色的纱巾下，白肤时隐时现。这样的朦胧比雌蟾那黑黑的脖子要好看多了，自然的美还是要不食人间烟火的好。

离开嵩寮岩，我们前往毛坦厂镇上吃中饭。没曾想，找了几个饭店都是客满，很令人诧异。终于坐定后，发现酒店大堂里，另外两桌都是三两个大人陪着个中学生样子的孩子在吃饭。听他们的对话才知道，孩子在这里寄宿读书，只有周末他们才能相聚，才能和孩子一起吃顿饭。

空巢的我们现在是不用陪孩子吃饭了，可是我们真的想陪他一起吃饭的，天天陪。

（本文写于 2019 年 12 月）

一雨辞春，再雨立夏

好事总是多磨，立夏前一天，去拿世界读书日买的最后一本书，回来时被大雨逮个正着。雨起时，我在路边的樟树下犹豫了一会，见雨没有停的意思，便护着书，冲过雨幕，躲进艺术楼里。抹了一把满脸的雨水，坐在门前的台阶上，静静地看老天怎么下雨。

有风，大雨。雨点串如珠线，被风吹出丝丝缕缕的优美身段。这身段随着风儿，摇来摆去，极像是在跳着优雅洒脱的探戈。这些舞者的动作极快，看不清面孔，只见雨中衣袂流动裙裾飞扬，令人眼花缭乱。一曲跳罢，舞者们翩然而去，风停雨消。

我呆坐在台阶上，忘记了鼓掌，只有惊羡得嘴巴大张着。又等了一会儿，实在是等不到下一曲了，只好起身往回走。湿漉漉的头发趴在脑门上，衣服一块干一块湿，像是阳光从树叶间洒下的影子。湿的衣服贴在皮肤上，凉凉的。那本书躲在包装袋里，完好无损。

雨过并未天晴，天空依然青着脸。西下的夕阳在云层后透出点亮光来，犹犹豫豫的，像是怕我批评它刚才淋了我一身雨水。淋这点雨算什么呢？天这么干，再多些雨水才好呢。

雨后的路面上，一阵阵热气腾起，夹杂着泥土和青草的味道。今天是今年的最后一个春日了，初夏的气息早已四处弥漫。我就在这弥漫的气息里，慢慢地往回走。

路边的绿化地里有几株白茅草低着头，黄色的花蕊挤在微湿的花穗上，像是蘸满了芝麻的芝麻糖，真想吃上一口。其实我最想吃的，是花未曾开出来的白茅草花穗，在我老家人们称其为“茅衣”，塘埂上田埂上到处都是，春天放鹅时常拔来吃，软软的嫩嫩的，有一点草香，还有一点若有若无的甜。

我的几个堂姐堂妹常常跑到附近的山上，成篮子地拔回来，用白茅草的叶子扎成一捆捆的，带到学校里卖，一分钱一小捆。那时我们村的小学是镇里的名校，有很多镇上的孩子过来上学，茅衣就是卖给他们的。

今年春天来时，我在校园内外找了很久都没能找到茅衣。有好几次还被同事当成丢了东西，他们要帮我找。实际上我真是丢掉了东西，那丢掉的，是我童年的味道。这，别人怎么能帮上忙呢？

前面的绿化地中有一丛金银花，正热闹地开着，俯身下去，却闻不到一点香味。是被大雨冲掉了吗？花香是天然的，不像是女孩子脸上化的妆容，应该是不怕雨的。不过，金银花是藤本植物，有架子可攀才能开心，仅是在地上长成一堆，哪里还会散出香味来？望着满脸怨气的金银花，我很是无能为力，要知道，我身上的衣服还是半湿的。

路面上落了很多广玉兰的叶子，四季常青的广玉兰喜欢在这个时候落叶，它们是在为新的叶子腾出空间。广玉兰的叶子富含油脂，很有革质感。黄黄的落叶，经雨水淋洗之后，更是金黄明亮，比花儿还要惹眼。椭圆的叶子落了很多，铺在路上，像是一串串金黄的脚印，星光闪闪。我走在上面，走在闪闪的星光里，有点飘飘然。

高大的鹅掌楸上空划过一阵噪鹃鸟的叫声，清脆而响亮。远处，几只声音粗厚的斑鸠也跟着叫了起来。竹林里的麻雀叽叽啾啾地哼着歌，起起伏伏的声音像是一地斑驳的月光。如果把噪鹃鸟清脆的高音作为第一声部，斑鸠粗厚的中音作为第二声部，那麻雀们的叽啾就是陪衬的和声了，它们正好汇成了一个三声部的合唱。这原生态的合唱，在雨后的黄昏中响起，优美动听。

在鸟儿们的合唱声中，我到家了，伸手一摸，身上的衣服不知什么时候已经干了。

（本文写于 2020 年 5 月）

不识浮山

这是第二次上浮山了，上次来大约是在六七年前，和张老哥一起来的，感觉还好，不好的是景区附近没有可以吃饭的地方。这一次经过铜陵，顺路就过来了。十点多才到景区，停车场上只停了四五辆车，看样子游人不多。

先登记量体温，再买票，完成规定动作后，我们向景区入口走去。高高的状元桥是必经之路，附近的便道塌了，杂草横生，想少爬几个台阶是不行的。桥后面几排徽式二层小楼还是空荡荡的，和几年前相比，门窗上多了层厚厚的灰尘。入口处附近，还有不少居民住家，鸡鸣狗叫，菜畦碧绿，增加了不少生气。

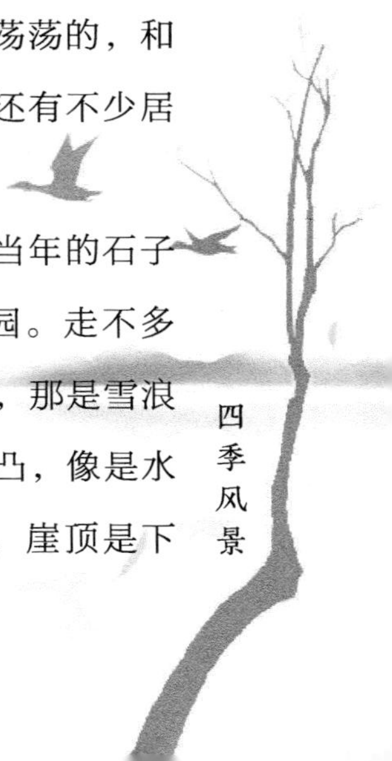

进入景区后左转，是一条弯弯窄窄的水泥路，比起当年的石子路交通便利了许多。路的一边是庄稼地，另一边是茶园。走不多远，就进入了山边的树林中。抬头一望，山便伸出来了，那是雪浪岩。略有丹霞味的山崖很特别，崖体向内凹，崖顶向外凸，像是水浪冲蚀出来一块塌陷的地方，又像是一排伸长的脖子，崖顶是下巴，而脚下的路便是脖子下的锁骨了。崖顶不时有水珠缀下，似雪如浪。

也许是十月才开始，山上的灌木枝叶繁茂，山路台阶上的青苔绿意正浓，像是假的一样。路边缀满了各种的野花，蓼最多，只是花穗很小，花是很淡的粉色，我不能确定它的品种。最吸引我的是路边几小朵粉色的野花，花是总状花序，像个粉色的小塔，一只蜜蜂正在塔上忙个不停。此花叫作绵枣儿，一个很有意思的名字。再往前走，路边的灌木丛中开满了粉紫色的花，非常惹眼。赶紧跑过去，原来是胡枝子。这花我是知道的，它有个特别的名字叫“萩”，日本“秋之七草”之首，奈良时代是日本人的最爱，《万叶集》吟诵的众花中，它是排在第一位的。这是我第一次见到，可惜天正阴着，少了一些惊艳。

告别胡枝子继续前进，路牌提示左前方有个“烂柯石”，我们没有过去。王质烂柯的传说是在浙江衢州的石室山，这里何来烂柯呢？

山回路转，高台之上有飞檐如翅伸出来，那是间嵌在岩石里的房子，叫张公岩，传说南宋张孝祥的儿子曾在此苦读修道。我直接奔着高台边的一棵树去了，我以为那是楸树，到近前一看，原来是三角槭。旁边一灰衫僧人，面庞白净，三十来岁，正轻诵着佛经。这时节，三角槭还是绿绿的。待严霜之后，暗红的颜色，衬以旁边的飞檐，再加以仙风道骨的独立长老，还是别有一番味道的。

拾级而上，走进张公岩。说是房间，其实就是山洞，门窗和飞檐只是个脸面，浮山上的寺院大都如此。洞内面积有七八十平方米，供奉很全，儒释道都有，好地方大家都喜欢。往里走，地上有一圈井栏，水清见底，约二三尺深的样子。抬头看到石壁上有细细湿湿的裂缝，这里井水常年不竭，应该就是缘于此吧。井旁有介绍说，此水洗手，百病不侵。爱人舀了一瓢水，洗了手，顺便也洒了点给我。

这个井被叫作龙井，是古桐城八景之一“浮山夕照”的重要参与者，说是在夕阳西下时，阳光照进洞内，井中会有落日倒映。上次来就没能看到，现在又是上午，估计要三上浮山才能看到了。

张公岩边有个石亭叫渡仙亭，几个石柱搭成，有顶无墙，无门无窗，很古朴。

离开张公岩，我们前往天池。路标很不清晰，手中的导游图线路与实际相差很多。犹犹豫豫中，总算是找对了方向。天池名字很大，其实池子很小，七八个平方的样子，是远古火山喷发后留下的出气口。山虽不高，但山顶这一池水，素面望天，做天池的理想是有的。

记得上次来时，曾看到过密密麻麻的石刻，在山中找了半天，终于找到了。在会圣寺的旁边，石刻奇多，有很多字的漆色已褪，很难辨识了，有些字小得更是完全模糊了。没做功课，只能辨认几个大字是谁写的，更多的石刻都不知从何而来，看得索然无味。

时间已经十二点多了，看着导游图上标的路线，没去的景点还很多，饥肠辘辘的我们就放弃了，直接往回走。出了景区，居然又没有找到可以吃饭的地方，多年前的那次上浮山，也是饿着肚子离开的。

回家后过了几天，忽然想了解一下浮山方以智的情况，上网一查，不免有些吃惊。我本以为仅仅是陆游的父亲写了“陆子岩”有些意思，其余大多是明朝的方氏和桐城派的无名小辈之作，没想到，早在唐朝孟郊和白居易就来浮山写过诗。到了宋朝，欧阳修来浮山下过棋，范仲淹、王安石、苏轼、黄庭坚等都曾为浮山或写诗或作文，更不用说明清两朝了。记得买票后拿到导游图时，我还对上面写的“天下第一文山”很不以为然，这一查我不由得多了几分敬重。

又查“烂柯”一词，传说我没有记错，但后人常用“烂柯”来代指与围棋相关的事，这个我却是不知道的。浮山的烂柯，流传的是与围棋有关的传说。

三上浮山是必然的了，不知这尚未成行的第三次拜访，我可不可以不用饿着肚子离开？但愿这个小小的要求能够得到满足。

（本文写于 2020 年 10 月）

拿坡里黄

天冷之后，清晨很久没跑步了，一下子少了许多运动量，总觉得有什么珍贵的东西丢掉了。趁着阳光正好，中午下班时，选择了从南大门出去，指望着绕一点路回家，增加一点运动量。人啊，一上了岁数，就越来越注意身体了。

学校提前放假，南大门口挤满了准备回家的孩子。大而沉的箱子，轰轰在地面上滚过，急迫而沉重。因为疫情，那沉沉的箱子里也许装有下学期的教材吧？环岛路边停的全是汽车，外地牌照的车居多。现在条件好了，又加上疫情，有私家车的父母都不辞辛苦大老远地来接孩子。从父母的角度来看，来接应该不是最重要的，重要的是能早点见到孩子。

穿过人群和车流，我向河边走去。天蓝蓝的，只有一抹淡淡的云斜在空中。校门口的草坪空旷，一片枯黄。草地上零星地点缀些小片的车轴草，叶子缩头缩脑地暗绿着，间或有一两株偷偷绿着的毛茛，小心翼翼地开着黄色的小花。弯下腰，枯草中间趴着不少褐色的老鹳草，霜打之后的叶子呈暗红色，像是一朵朵小花。

法国梧桐的叶子已经落光了，灰褐色的球果挂在树枝间，像是溅在画布上的墨点。合欢树的绿叶早已不见了踪影，树枝上挂着一串串荚果，有点黄，有点灰，在阳光下闪闪发光，背映蓝天，分外好看。搞美术的朋友告诉我，荚果的颜色叫拿坡里黄。好奇怪的名字，很温暖的颜色。我不知道该怎样来记住这冬日里明亮而温柔的淡黄色，只有仰起脖子，在树下久久地注视。

河边的步道干干净净的，连旁边的草地也出奇地干净，落叶已被专门清扫了。这些树叶们也是可怜，失去了俏立枝头的风光之后，连叶落归根这朴素的愿望居然也被剥夺了。柳树的枝条柔柔地垂下来，像是一头忘了扎起的青丝，不知这及腰长发又会激起多少相思。风吹枝动，这柳丝又极像是挂在蓝天面前的面纱，这样的面纱该是需要多大的面子啊。

手机响了一下，短信提示我前几天买的书到了，赶紧转回头朝小区快递中心走去。快递中心门口的地面上堆满了待发的包裹，从敞开的袋口望过去，都是些被子衣服，放假的孩子们把学校的味道也打包带回家了。

快递中心里不再人头攒动，取包裹很快。走出门，阳光照射过来的刹那，我突然感到温暖而幸福，这温暖和幸福来自手中的两本书。曾几何时，为了买一本书，要忍饥挨饿，要受寒挨冻。而现在，见到心仪的书，可以毫不犹豫地下单付费，不用担心寒冷，也不用担心饥饿。温暖就是这么直接，幸福就是如此简单。

人行道空荡荡的，我提着书跑了起来，正午的阳光从头顶上落下来，风紧紧地跟在我的身后。微风吹过，拿坡里黄的荚果们沙沙作响，无限温柔。

（本文写于 2021 年 1 月）

草木有心

东大街的树

东大街边的树，我注意很久了。

一到秋天，繁枝绿叶间便长出许多绯红的叶子，微风吹过，恰如鱼儿游动，赏心悦目。本以为是樟树，然而对比校园里的樟树，总是不见美丽的“鱼儿”。近来，日日在树下走过，终于知道了它的名字：杜英。这个季节正是“鱼儿”游动的季节，秋愈浓，“鱼儿”愈多，群鱼翔集，美不胜收。常常，一个身影在树下走过，还不时抬头仰望伸手欲撷，那就是我了。

杜英是常绿乔木，因其适应强，枝叶浓密，常常被选作行道树。杜英不是本地树种，对习惯了樟树、梧桐之类行道树的这个小城来说，杜英的出现确实是让人眼睛一亮。在网上查阅杜英的资料时，发现它的花很好看。披针型的花瓣如流苏一般，花美如云，让人心动。可惜要等到来年花开时节，我才能为它拍照了。

当然，东大街也不单是杜英的天下。除了一两棵香樟混在其中外，还有几株无患子。无患子是一种落叶大乔木，树形挺拔，树冠

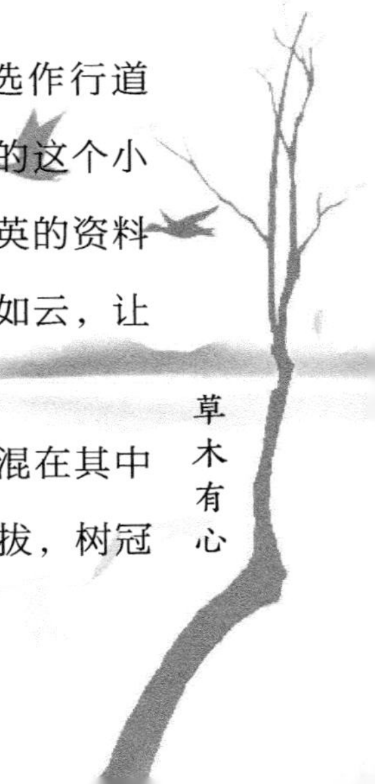

巨大。只是东大街的这几株纤瘦得可怜，难道是不适应这车来车往的繁华？

无患子的果实跟桂圆差不多，古时僧人用其果核来做佛珠，因而佛界又称之为菩提子。无患子果实的果皮里含有丰富的皂苷，去污能力超强，可以用于洗头发洗衣服之类。不好意思的是，初次见到时，我还以为能吃，幸好当时碍于街上人来人往，没好意思去摘。

无患子的树叶，深秋时变得金黄，纯粹鲜亮，久而不落，在蓝天下十分耐看，美胜银杏。这几株无患子虽略显单薄，但不多的叶子在阳光下还依然张扬着金黄的秋意。路过时，我总是仰起头，完全看不够。

这世间，有许多美丽的风景，我们日日相见，只是我们从没有抬头看见。

（本文写于 2018 年 10 月）

喜　树

从来没有注意天天走过的河边，居然有一群新的树。在等红灯的那一会，突然觉得路边的树上有不同寻常的花或果实，匆匆举起手机，只是没能拍个清楚。

下班时，心里念着那群树，便舍了车步行。来到树下，仰头一望，根本不是平常所见的各类面孔。上网一查，原来它叫喜树，一个很诗意的名字。小小圆圆的球果，像个扎成一团的微型香蕉，精灵可爱。喜树高高大大地伸展着枝干，完全不是新来的样子。它们已经在此守望很久了。

想以前，每日里，脚步匆匆，疲惫而麻木，哪有心思注意到路边的树木呢？如果不是腿受伤，手术之后不能快步走路，我依然会和这些默默守望的喜树们擦肩而过。

其时，夕阳正西下着，淠河的水正红着，一河残阳如血，而我正好认识了这一群喜树……生活就是这样突然，不经意间喜悦就从天而降了。

关于“喜”，小时候，我知道，老家的门前屋后喳喳叫的是喜鹊，村内村外锣鼓喧天时是有喜事。再后来，我从书上读到了喜儿，收到录取通知书时认识了喜讯……而如今，我在一棵叫作“喜树”的树下泪流满面。

不曾问过父亲喜树叫作什么树，也许他根本就不认识，他最关心的是今年的稻子又收了多少斤，丰收于他而言，是更让他欢喜的。

（本文写于2018年10月）

银杏大道

拍过许多美景，然而，银杏大道的美我是拍不出来的。

银杏大道的美是需要等待的。等待从叶子落下那一刻，就开始了。飘落，不需要风的牵手，金黄的叶子打着旋儿，跳着芭蕾，离开枝头，告别的姿势灿烂而炫美。落下就是开始，告别就是等待重逢。光秃的枝丫，直指蓝天，银杏她是在等待风等待雨，等待又一个春天，等待又一个金黄的秋天。

银杏大道的美是需要陪伴的。陪伴是看着她发芽，抽新，开花，结果。看着她青，看着她黄，看着她落。这小扇子一般的叶子，夏日里可以用来扑萤火虫吗？银杏是需要恋爱的，他和她，必须在一起，才会结果。他们的恋爱从石炭纪就开始了啊，这世上还有比这更久远的陪伴吗？

银杏大道的美是需要仰望的。静静地站在树下，仰起头。透亮的黄叶在阳光中有着迷人的光影，在蓝蓝的天空下，很适合仰望。走在树下，听树叶的呢喃，看叶子的轻摇，什么也不用说，就十分美好。或者是躺在落满银杏叶的草地上，从手指缝里，看那一天空的金黄蔚蓝，世上最美的时光，也不过如此吧。

银杏大道的美是需要思念的。思念是离开时的不舍，思念是夹在书里的一枚银杏叶，思念是手机里的一张张照片，思念是再听一遍朱飞翔的《云路桥》，思念是一张踏上月亮岛的车票……银杏大道的叶子又黄了，你在哪里思念呢？

银杏大道的美，我当然是拍不出来的。

（本文写于2018年11月）

玉兰花开

校园里有条玉兰大道，早春时节，玉兰花盛开，缈若云霞，在料峭的春寒中，尤为好看，是为校园一景。

玉兰花开的时候，叶子还未萌发。常常是冬雪犹在，而玉兰花就那么欣欣然地站上光光的枝头，像是在翘首盼望春天的到来。这也是它又名“望春花”的由来。晴朗的日子里，走在玉兰大道上，抬头仰望玉兰盛开，花白天蓝，清香浮动，这确是早春校园里最美的景色。

玉兰大道上的玉兰有很多种。花色纯白的是白玉兰，花白如玉，香气如兰，玉兰花名正由此得来。盛开时，一树洁白，玉气四溢，凛然不可亵渎，美不胜收。花瓣外紫内白的叫二乔玉兰，很特别的名字，感觉和三国时期的大乔小乔有关，可惜没有找到命名的出处。玉兰花开之时，春天才浅浅地张开眼，岛上也没有铜雀台，何以有“二乔”呢？想来是月亮岛太美了，“二乔”踏着春天的脚步赶来了。花瓣外有一条紫色的是黄山玉兰，树形高大挺拔，远远望去，颇有点黄山的韵味。

花瓣紫色的玉兰叫“辛夷”，很诗意的名字。树形娇小，花开时节叶子已经绿了，绿叶紫花，很雍容。然而，辛夷是不适合站在路边做行道树的。它是灌木，长不高，只能是聚集成丛，或是孑然独立，方才好看。玉兰大道的两边，还有几株矮小分杈的，也开紫花，但那不是“辛夷”。那是嫁接的品种，自然是没法雍容也没法挺拔的，让它们做行道树，实在是勉为其难了。你终于能理解玉兰大道两边玉兰树为什么大的大小的小了。这实在不是土地的厚此薄彼，低矮的它们本来就不该待在那个地方。每次与这些低矮的玉兰擦肩而过，看着它们那被修剪的单薄的身子，总是担心它们转身就走。

校园里还有一种玉兰，花瓣是黄色的，灌木，花色嫩黄，新叶初绿时开花，甚是好看。

据说玉兰的花瓣是可以吃的，上网一查，可凉拌，可做汤，可炒肉片，还可以泡茶泡酒，想来味道一定很不错。来年玉兰花开时，我一定要采摘些花瓣，做上几道菜，泡上两杯酒，和着春风一起喝下去。

春天，快点来吧。

（本文写于 2018 年 12 月）

冬　柳

周末要参加合唱排练，没有时间外出。窝在家里看书，累了，见窗外的阳光正好，便起身去河边走走。河边的那一处柳树林，金灿灿的一片，我早就想去看看了。

柳树在河边挤成了长长的一排，向水而立，天越冷，它们越显得耀眼。满树的金黄中泛着隐隐的绿，在蓝天白云的衬托下，像极了水彩画，而褐色的枝干就盘虬在这画中。柳丝儿很长很细，从树顶瀑布般地垂下来，软软的，柔柔的，像是女孩子的长发。在树下抬头仰望，这瀑布和阳光一起扑下来，一种温暖便在脸上漾开了。这一刻，我立在这水彩画中，听不见周围的声音，任这冬日的温暖将我的目光打湿。

柳叶儿细长细长的，定然是贺知章的剪刀在二月里裁出的，像女孩子们好看的眉。明黄的叶子经霜不落，和柳丝儿一起低垂着，不说话，很害羞的样子。风吹过来，柳枝轻摇，女孩子们开始眨眼睛了，似乎是在偷偷地打量着什么。岸边的河面波平如镜，原来爱美的柳丫头们在照镜子呢。这时节，冬已深了，要不了多久，它们就会落下，此刻的梳妆是在收拾行囊准备出发吗？昔我往矣，杨柳依依，今我离开，也还是最美的样子。

落在河岸上的柳叶儿，已经枯黄了，踩上去吱吱作响，那是告别的歌声。我席地而坐，听它们浅浅地歌唱，那歌声就像一枚枚春天的芽儿，种进了我的心里。

落进河水里的柳叶儿，还依然保留着金黄的颜色，它们聚集在河边，像是一群等待喂食的鱼儿。它们那么安静，又像是一只只眼睛，在回望自己生于斯长于斯的柳树。来年，春潮涨起时，它们将顺流而下，化为春泥。在远方，不知哪一棵树在等待它们的到来？不知哪一朵花儿因它们而开放？

正午的阳光暖暖的，我坐在柳树下，睡着了。我做了个梦，梦见自己也变成了条鱼儿，和柳叶儿一起游向远方。远方是星辰，远方是大海。

（本文写于2019年12月）

婆婆纳

早春的校园里，有许多美丽的花儿渐次开放。最早是傲雪怒放的梅花，然后是翘首望春的玉兰，再接下来是灿若云霞的桃花、纷繁如云的紫叶李、含羞低眉的海棠，一朵比一朵美丽，一朵比一朵好看。然而，我以为早春的校园里，最美的花儿是随处可见的婆婆纳。

婆婆纳是一种小草，两年生的草本植物，校园里到处都是，或三三两两，或成群结队。婆婆纳个子不高，十厘米左右，还匍匐着生长。和梅花桃花这些树相比，它们就是十足的小矮人。它们热爱阳光，但是生活的地方多是林间树下。当树叶成荫，遮住了阳光，它们的日子就变得艰难了。这些有智慧的小矮人们，便抢在树荫浓起来之前开花结果，完成生命的传递。常常是冬天的残雪还未完全消融，它们就开始发芽了。当早春的第一缕阳光洒下来，大树们还在沉睡的时候，它们就在料峭的春寒中伸枝展叶了。

婆婆纳们盛开时很美。远远地望过去，那么蓝茵茵的一大片，

像是蓝蓝的天空，天空中还飘着几缕若有若无的如纱薄云；又像是风平浪静的海面，海面上闪着密密细细的粼光。走近了，俯下身去，就会看到绿绿的草毯上挤满了一张张盈盈的笑脸。笑脸是婆婆纳蓝色的小花，两个黑色的花蕊是眼睛，蓝色的花瓣便是开心地笑着的嘴巴。和它们对望，心都是可以被融化的，哪里还会想起梅花桃花呢?

婆婆纳爱群居，也爱独处。这么小小的一株，无论是安身大树下，还是隐居草丛中，日出时欣然开放，日落则闭目小憩。只要有阳光，它们总是仰着笑脸，咧着小嘴，开心地笑着，全然不顾那些擦身而过的匆匆脚步。它们的笑声里藏着蜜蜂，藏着春天，藏着小小的快乐。

当春天越来越浓，树荫越来越厚时，婆婆纳的籽也成熟了。它们在风中撒出种子，然后，便静静地等候来年春天最早的阳光。

记得第一次在校园里看到一大片蓝色的婆婆纳时，我还以为是勿忘我，那时的我只知道勿忘我是开蓝色小花的。这些如星空般柔情的花儿，确是像撒了一地的思念。无数次，我站在这蓝色的星空前，总是想起顾城的那首诗：“草在结它的种子，风在摇它的叶子，我们站着，不说话，就十分美好。”

（本文写于2020年3月）

繁　缕

初识繁缕是在柳宗民的《杂草记》中，它是日本“春之七草”之一。春天来临时，我曾在岛上四处寻找它的身影。那年五月初的一天，在路边的一方绿地里，我和它不期而遇。

记得那天中午下班，我匆匆地赶回家。猛然间，眼睛的余光里闪现了一朵明亮的小花，感觉那就是我苦苦寻觅的繁缕。俯身一看，果然是它。一朵直径5毫米左右的小白花，隐身于大片的沿阶草之中，居然被高度近视的我捕捉到了。我想，我和它在前世里的相遇，该有一千次的回眸吧。不然，何以擦肩而过回首便是呢？那一刻，正午的阳光透过水杉的树梢，懒懒地晒着，花儿静静地开着。

我承认我在岛上苦苦地找它寻它，就是因为它诗意的名字，我想知道这么诗意的名字对应的是怎么样的鲜活的存在。《本草纲目》说，此草“细茎引蔓，断之中空，有一缕如丝”，由此得名“繁缕”。茎断而丝连，花儿晶莹洁白，再苦的寻觅也值得了。

繁缕的花像是迷你版的雏菊，看上去是十瓣，其实只有五瓣。花瓣上有个缺口裂到近花萼处，一枚花瓣就像是一对兔耳朵。不细看，根本发现不了它的小把戏。花虽小，但很精致。白色的花儿开在一片葱茏的绿色之上，像是嵌在夜空中的小星星。可惜校园里的繁缕是弱势群体，只稀疏地开着几朵花儿，那繁星点点的幻境只能是在想象中了。

诗意的繁缕有许多绰号，如鹅肠菜、鸡儿肠之类，学名大雅，绰号大俗，这样的叫法很有烟火气。据说繁缕的嫩叶可食，有清热下火等功效。原来繁缕也是能“上得厅堂，下得厨房”啊。

我年年春天在岛上找它，只今年在竹林边发现了一些，零零星星的几株，和婆婆纳、酢浆草挤在一起，欣赏都来不及，又怎么能舍得掐来品尝呢？等到哪天它的队伍壮大了，再来一饱口福吧。其实，想吃它的不只是我，还有竹林里的小鸟们，据说它结的籽是小鸟们治病的神药。

繁缕是报春的花儿，但生长期不短，生命力也很强，长在田地里便是难缠的杂草，能轻松绞杀禾苗。繁缕个子不高，顺着地面长，除草时得要连主根一起拔掉才行，很是狡猾。但是，它的茎叶和果实可食，又可全株入药，能解除众生的病痛，因此人们赋予它的花语是恩惠。

这世上很多精灵都是这样，有两副面孔，一副是恶魔，另一副是天使。繁缕，就是这样的精灵。

（本文写于 2020 年 3 月）

泡桐花开

云露桥头有棵泡桐树，春天来时，一树淡紫色的喇叭花，在路边摇曳，映着蓝天分外好看。清明前后，花开最盛，我常去看它。

这棵泡桐树只是孤零零的一棵，估计不是绿化工人栽种的。和附近的腊梅柳树相比，平日里一副垂头丧气的样子，像是犯错被罚在教室门口站着的小学生。这时节，玉兰桃花已谢，腊梅的叶子才绿，河边柳色已老去，柳絮正做着下雪的梦，泡桐树举着淡紫色的小喇叭，滴滴答答地吹着，仿佛那被罚站的孩子，偷偷地向教室里的同学做着鬼脸。花色淡紫，颇似紫丁香的颜色，只是树下没有油纸伞，也没有丁香一样的姑娘。只有个老田，慢慢地晃过来，仰起头，听它无声地歌唱。

桥头岸边的空间足够开阔，阳光和雨水充足，虽说汽车的尾气多了点，但那也是抛头露脸的黄金地段，没有哪棵树是谦虚的。显然，这棵憋屈的泡桐树，完全没有我老家院子里的泡桐树惬意。

那些长在我记忆中的泡桐树，都是高高大大笔直参天的。早春的风一吹，等不及叶子长出来，满树的花就开了。远远地，在村子外面，就能看见我家屋顶上有一片紫色的云。紫色的花儿非常好看，还有一种很别致的香味，飘飘忽忽的，不容易捕捉到。但花儿落了之后，香味就变成了怪味，特别难闻。花开时节，泡桐树们总是把落花撒的满院都是，一天要扫很多次，我有些不耐烦，完全没有“桐花万里丹山路”的欣喜。

泡桐树们在院子里还有几个小伙伴，枣树啊，柿子树啊，还有棵臭椿。臭椿不好惹，它们便常常欺负枣树和柿子树。枣树柿子树被欺负时也不说话，直接少结果实。对影响到我们吃枣吃柿子的泡桐树，当然是要砍掉的。不过，有树根在，来年又会冒出新苗，三两年又能长成大树，又能去欺负小伙伴了。

泡桐树的叶子大，树冠也大，把树枝伸进邻居的院子里是常有的。有一年，它们居然派了一棵小泡桐树长到了邻居家的院子里。望着那棵小泡桐树在院墙那边一天天高大起来，心中颇为不甘。因为树长在谁家的院子里就是谁家的，与根从哪来没有关系。从那时起，整个村子仅我家有泡桐树的自豪感就没有了，我很是沮丧。

泡桐树生长得快，木质较软，虽然树干很直，但做房梁是万万不行的，一般多用来做家具，做乐器。可惜我那时不知道焦尾琴的传说，于是我们家的那些泡桐树没有被烧焦，其中的两棵被做成了个大衣橱，还有几棵不知卖到什么地方去了。

后来，我知道了蔡邕，知道了焦尾琴。每每听到好听的琴声，我总是在想，那琴也许是用我家院子里的泡桐树做的。这样想着，那琴声也分外好听起来。

（本文写于 2020 年 4 月）

花开的声音

春天惯常是热闹的，因为疫情，学生们没来，校园里人气不足，这个春天很安静。不过，花儿们没想那么多，依然灿烂如故，却也减轻了我心中的一些压抑。不说话的花儿，倒是无声胜有声了。

花儿们精灵可爱，但我总没有太多的自信去折腾。看着一株水灵的花儿在自己手中枯萎，那感觉绝对是沮丧的。也许是人老了，小时候在乡下，可不是这个样子。

在我老家，人们养的花不多，有香味的花就是最流行的。家家必有的是两种花，栀子花和金银花。栀子花的花蕾是绿色的，花瓣由绿渐白，慢慢地展开，直到挤满枝头，热闹极了。盛开的栀子花非常香，香气浓稠得像是乡下办喜事时喧天的锣鼓声和冲天的唢呐声。坐在满院子的栀子花香里，多吸两口，人都能醉。

不过，我家的栀子花总有一段时间比较可怜。那是因为，有一年在它身边长出了一棵泡桐树的树苗，三两年就遮天蔽日了。阳光少，栀子花只能委屈地开出几小朵。花期还短，像是隔壁二叔跑了调的胡琴，吱哑几声就没了。我家院子里的栀子花香，都是从邻居家的院子里漫过来的。

男孩子不关心花香，只关心吃的。等到秋天枣子柿子结得少了，我们就要父亲砍掉那棵泡桐树。栀子花也跟着沾了光。第二年阳光充足，花儿们憋足了劲地开，一朵朵盛开的花，像是一张张咧口大笑的嘴巴。那笑声翻过院墙，和邻居家的栀子花香拥抱在一起，在村庄的上空翩翩起舞。笑不了三两年，泡桐又在原地发苗成树，栀子花又开始了委屈的日子。

附近的金银花就没有过这样的委屈。我把它栽在枣树附近，搭了个架子。金银花顺着架子，爬到枣树上。花开时节，也是满院的香味。但金银花的花香是幽幽的，淡淡的。与豪放的栀子花相比，金银花像个身段纤巧的少女，依树临风，但怕火辣辣的太阳。正午的阳光一晒，金银花的花香就吓得躲起来了。只有在清晨和傍晚，那花香轻轻地笑着，软软的，像是莫扎特的小夜曲，满院子流淌。

金豆的花朵比野菊花略大一点，花开时黄灿灿的，有着浓浓的菊香。萝卜丝有着长短不一的管状花瓣，四散伸出，花瓣的末处，微微卷起，真的是很像正月里的大菜咸鱼萝卜丝中的萝卜丝。虽然不能吃，但看着花，想着咸鱼萝卜丝的味道，咽着满嘴的口水，也是件幸福美好的事。

菊花的花期长，下霜了也不凋谢。那幽幽的菊香能一直飘着，像是勃拉姆斯的《第一大提琴奏鸣曲》，低沉婉转的旋律，从秋天一直回响到飘雪的冬天。

院子里最壮观的要数喇叭花了。院子有面院墙是朝南的，东边是棵臭椿，西边是棵泡桐，我在两树之间的墙根下种了一排喇叭花。花开的清晨，一墙昂首挺胸的紫色小喇叭。那气势，就像是贝多芬《命运交响曲》的开场“咚咚咚咚，咚咚咚咚……”，现在回想起来，那花开的声音犹在耳边。可惜旋律不长，当太阳翻过东边门楼的屋顶时，小喇叭们就收起来了，收得那么紧，像是拧起来一般。拧进去的有阳光，也有我快乐的少年模样。

工作了，住在楼上，没了院子，也没了心境去养花。不过，过年时还是习惯买盆温室培养的牡丹或兰花之类。年过花谢，只剩下枯枝空盆。一年年下来，倒是攒了不少花盆。秋天时，曾想过买盆菊花，卖花的人听说我是放在家里，就不卖给我了。我所喜欢的菊花，像大提琴曲一样浑厚深沉的菊花，不知什么时候起，竟被赋予了表达哀伤和悲情的使命。

花还是那个花，人已不是那个人了。耳边传来一阵叮叮咚咚的吉他声，流水一般，这又是什么花开了呢？

（本文写于 2020 年 4 月）

我望槐花几时开

清明一过，槐花就开始飘香了。在春天众多的花里，最能勾起乡情的就是槐花了。

我的老家是在畈上，家家户户的房前屋后都是槐树。暮春时节，槐花盛开，树顶上白光闪闪，所有的村庄都坐在槐花的香河里。

槐花一开，我就不用去打猪草了。满树的槐花，打下来够猪吃很多天的。村子里有很多人家把槐花当菜吃，母亲偶尔也在饭锅里蒸点，但我那时认为槐花是猪吃的，就不愿意吃。倒是现在，春天来了，总是想办法去找点槐花来做菜吃，找点记忆中槐花的味道。

打槐花是个辛苦活。槐树都是高高大大的，花多长在树顶的嫩枝上。我们在竹竿上绑一个钩子，打花时把小树枝一个个钩断。高级一点的，绑的是小锯子，打花时直接把树枝锯断。树枝上有很多硬刺，一般是不爬到树上打花的。

对槐花感兴趣的，不只是我们，还有嗡嗡叫的蜜蜂。每到槐花盛开的时候，村头总有放蜂人运了蜂箱过来。整棵树都是嗡嗡声，像是槐花们迷迷糊糊地哼着歌儿。和蜜蜂们抢花，得要时时小心，被蜇着可不好玩。

槐花开时，树枝上的新刺还不硬，捋花不用怕扎手。我捋花时，常常会找些刚开的花，剥掉白色的花瓣，吃里面淡绿的花蕊。花蕊甜甜的，有一股特别的槐香，是我喜欢的味道。那时的乡下，糖果是宝贝，这小小的槐花就是我最甜的梦了。

六七月份，槐树叶子厚重起来时，我们又要打槐树叶了。槐树叶晒干了，说是可以做蚊香。打树叶一般是在中午，要等露水干了才行。打下来的叶子用手捋捋，装在蛇皮袋里。袋子被塞得鼓鼓的，像是充足了气。满满一袋树叶也不重，扛着就能回家了。那时我个子矮，袋子比人还大，常常是只见袋子在动，不见人在走。

打槐树叶其实是件快乐的事。暑假时，我们常常是几个小伙伴一起行动，本村的打完了，就去别的村子打。走村串巷，对那时的我而言，就是个短途旅行。这个旅行能给我带来无比的欢乐。虽然也常遇到狗，但好在人多，棍长，我们从来都是胜利者。

当然，不快乐也是有的。那时节，槐树的刺已经很硬了，捋树叶常常会扎到手。运气不好时，一天要被扎很多次。但我最怕的是碰到洋辣子。洋辣子是一种绿色的、短胖的毛毛虫，碰上了，身上就红肿一片，疼得眼泪直淌。和洋辣子相比，狗咬和刺扎，实在是算不了什么的。

打回来的槐树叶在稻场上晒干，然后等人来收购。三五块钱的收入，算是巨款了。上交后都会有几分钱的奖赏，可以买只冰棍吃。于是，整个夏天都会因这一支冰棍而凉爽起来。

一年又一年，槐树在我们的打花捋叶中长高了，我也跟着槐树长高了，离开了村庄。但每到春天，总是想着找槐花，想闻一闻花香，想吃几枚花瓣。

校园里也有几棵槐树，清晨或夜晚，远远地就能闻到槐花的清香。站在树下，便是泡进花香里了。春风沉醉的夜晚，我常常去洗这槐花浴。花香易闻，吃花就难了。树太高，低处的几枝槐花，还没等到盛开，就被老太太们连枝折了。也曾想着爬到树上去摘一点，摸了摸圆圆的肚子，便打消了念头。

如此也好，我就站在树下，唱唱那首好听的四川民歌吧：高高山上一树槐，手把栏杆望郎来，娘问女儿望啥子，我望槐花几时开。每一次槐花开时，我都站在树下，轻轻地唱出来，给你听。

（本文写于2020年4月）

槐花的“槐”是什么槐

谷雨到，布谷叫，那串又香又好吃的槐花开始落了。不过，这个“槐”和“槐花黄，举子忙”的“槐”，可不是一种槐。

人们常吃的白色槐花，真名叫刺槐或洋槐，是个舶来品。让古时读书人忙起来的“槐”叫槐或者国槐，老家在我国北方。两种槐都是豆科，开蝶形花，都是高大的落叶乔木，国槐的个头还要高上十来米，更是英俊挺拔。

刺槐原产北美，19世纪末清光绪年间引入我国，清明前后开白色穗状花，有清香，我们常说的槐花就是它了。由于引入时间太晚，因此我国古代关于槐的记载说的都是国槐。

槐之所以叫国槐，多半是与周礼有关。《周礼·秋官·朝士》上记有“面三槐，三公位焉”。周朝三个最大的官，朝见天子时，要站在宫廷外三棵槐树下，后人由此将“槐”与“国”拉上了关系。

国槐是顶生圆锥花序，花色淡黄或黄色，花开时，形如金字塔，花期在农历六七月份。那时节，正是唐朝长安的书生备考的日子，故有“槐花黄，举子忙”之说。未开的槐花晒干后叫槐米，是一味中药，也是古代常用的一种染色剂。饥荒年月，人们也会以槐米做饼充饥。把药当饭吃，实在是件痛苦而无奈的事。

不过，国槐的树叶清热解毒，倒是常用来制作夏令消暑食品。杜甫有首诗《槐叶冷淘》曾写道：“青青高槐叶，采掇付中厨。新面来近市，汁滓宛相俱。入鼎资过熟，加餐愁欲无。碧鲜俱照箸，香饭兼苞芦。”这说的就是用国槐树叶做成的消暑美味冷淘。诗的最后两句写道：“君王纳凉晚，此味亦时须。”吃到好吃的东西，还想着皇帝是否有此口福，杜老夫子真是忧国忧民啊。

如今，南方刺槐居多，国槐也有，大家常见的龙爪槐便是了，虽然身形矮小，但枝走龙形，也不枉姓“国”了。在北方，国槐还是很威风的，首都北京的市树就是国槐。

最威风的一棵国槐当然要数山西洪洞大槐树了，中国最著名的一棵树，那是明朝初年至永乐十五年无数背井离乡人心中的老家。

我们所熟悉的大槐安国故事，淳于棼的南柯一梦，也是在国槐树下做的。故事出自唐传奇《南柯太守传》，是唐朝李公佐的代表作。

国槐还是个热心肠，曾给董永和七仙女做过媒。董永的故事出现于干宝的《搜神记》，那是东晋年间的事，那棵槐荫树自然也是国槐了。你要是也想遇到位仙女，多到国槐树下逛逛准没错。上了年纪的老槐荫树难找，但龙爪槐还是比较多的。

刺槐树的种类不多，有两种开紫花的很惹眼，叫香花槐和红花刺槐，都是刺槐的变种。紫色的花穗又香又好看，更能入镜，据说口感和营养价值与刺槐花无异。

我总是在想，好看的花也许会更好吃。吃这个事，还是亲自下口的好。等我做好了紫色槐花，一定请你一起来品尝。

（本文写于 2020 年 4 月）

蕺菜的野望

早晨上班，路边有几枚亮白色的花儿闪入眼底，低头一看，几株蕺菜在沿阶草的挤压中探出头来，开出了白色的小花。

这几株蕺菜不知是什么时候溜过来的，居然没被拔了，真是幸运。但是它们在沿阶草的地盘里也不好混，花开四瓣，大小不一的花瓣上写满了生活的艰辛。花穗还好，鹅黄色，像个柱子，花蕊们高傲地仰着头，一点也不怵我惊诧的目光。花儿如此乐观自信地开放，倒是感染了我，赶紧昂头挺胸，迈开大步向办公室走去。

蕺菜又叫鱼腥草，在云贵川的名头很大，叫折耳根，名字好听，像是有故事的样子，还是一道美味。曾经吃过一次凉拌折耳根，味道怪怪的，难以下咽。浓重的鱼腥味，能把人熏折倒了。人都能折，又何况耳根呢？不知当地百姓是怎么喜欢上这一道菜的。

蕺菜还可以作药。良药苦口，从这个角度看，倒是可以理解它的苦味了。蕺菜喜阴，偏爱沙土地，岛上的环境很适合生长。前年我在校园的一角发现了几株，今年它们已经跑到百米开外了，谁说

植物没有腿呢?

其实更幸运的是，蕺菜们不仅没有被吃掉，还开出洁白美丽的小花来。它们隐藏在草丛中，没多少人关注，估计也没多少人知道它们能做菜。今年校园里那么大一片的竹林，居然没出竹笋。不是没出，而是刚露头时就被人挖了，一棵也没留。幸好竹子不能吃，不然校园里的竹林早就消失了。

遭罪的还有那几棵枇杷树。一群老太太抱着长长的棍子，一阵噼里啪啦，树枝满地，树叶满地。被一顿伤害的枇杷树，遍体鳞伤，扔下一地或黄或绿的果子。我想，枇杷树肯定是很疼的，只是它们没有嘴巴喊痛，没有眼睛流泪。也许，那一地的枇杷就是它们的眼泪。望着它们伤痕累累的身影，不知来年还结不结果了。

上个月槐树们倒是躲过一劫。槐树生长快，树形高大，槐花开在高高的树顶上，人们够不着。但有棵小槐树就可怜了，被直接断头。

真心希望这些“杀手”们放过校园里的竹笋、枇杷、槐花，这样，校园里的蕺菜之类，就能无忧无虑地生长，不用担心被戕害，不用担心被吃掉。而蕺菜那洁白的花儿开在绿草丛中，就可以像嵌在夜空中的星星一样静美。如此甚好。

（本文写于2020年5月）

合欢花又开

今年的梅雨来得早，梅子们还青涩着，合欢花才开，雨就来了。早来也好，河水涨起来了，蓝藻的臭味消散了许多，而我也可以开始跑步了。

清早的环岛路上，落满了合欢花，像是绣上去的一样。这落花不扫也好，人在道上走，似在画中游，美好的一天就从如画的脚下开始了。

合欢花开时，总是挤挤的，一朵挽着一朵，很热闹。这热闹也感染了我，我靠近它们，想偷拍几张。无奈树太高，到树下就成了仰视，逆光，手机里黑乎乎的。好在总有几株善解人意的合欢树，低低地探出些枝丫来，这不多的枝丫足以慰藉我拍照的欢心了。

合欢树作为行道树，多栽在环岛路的外侧，也有几株散落在河坡的草坪上。从合欢花的颜色来看，树可分为两种，一种花色绚美，正看像个粉紫色的绒球，侧看又像一把精致的折扇。这样小巧的扇子，该要有一只更纤巧的手握着才妙。另一种花形差不多，蕊丝米黄，花色很淡，只在蕊梢处隐隐的有些粉色。不过，造物主是公平的，这种合欢花的香味要浓郁很多。这香味是很奇特的，明明是想张开嘴巴深吸一口，但花香入口过半时，却又想闭了嘴细细地闻，像是远远地看见了极爱的人，一路奔跑过去想要拥抱时，却又害羞地在一米开外低声地问好。

记得当年环岛路上的合欢树第一次发芽时，看到新发的叶子，我以为是含羞草，惊讶得不得了。小时候，堂姐家种了一棵含羞草，我羡慕极了，特别想拥有一棵。含羞草的叶子用手轻轻一摸，居然会合拢起来，过了一会，又慢慢地打开。那感觉就像个害羞的孩子，微低着头，目光从指缝中穿过，在偷偷地打量着周围的世界。

合欢毕竟是合欢，当我把手伸过去时，叶片居然没有合拢。难道长大了的含羞草成了树，就不害羞了？后来才知道，这不是含羞草，而是合欢树。即使是这样，每年春天，看到合欢的种子在草地中萌发出许多小合欢时，我仍伸出手去摸它们的叶子，满心期待它们会合拢起来，期待我久久寻觅的含羞草的出现。

合欢喜欢阳光，但是怕得枯萎病，得病之后容易枯枝，环岛路上的合欢树也不能幸免。但往往在整棵看似枯死的树干上，又斜斜地伸出一枝新叶，还开着美美的花儿。合欢树树干虬曲，枝叶婆娑，远远望去，合欢的剪影极像是轻舒水袖的嫦娥。也只有嫦娥，才能舞起这些精巧的扇子。

岛上的合欢树一年比一年少了，接替者多是樟树。樟树四季常青，绿得太单调了。这些合欢树们远看紫气盈岛，近观小扇轻罗，这样的月亮岛才有灵气。没了合欢树的月亮岛，还能叫作月亮岛吗？

大雨倾盆，合欢花像是被淋湿的头发，缠在一起，不再美丽。花儿飘落时，也不再像是精巧的降落伞了。蕊丝散落在路面上草丛中，失却了盛开时的斑斓，没精打采的样子，是在思念未曾回校的学子们，还是在哀悼前不久因车祸而在合欢树下凋零的少女？

（本文写于2020年6月）

桃儿红，杏儿黄

转眼之间就是盛夏，桃儿红，杏儿黄，超市里各种各样的水果琳琅满目，我拿着手机拍得不亦乐乎，要是在以前，那肯定是吃得不亦乐乎。

以前有多前，那些饥饿的岁月，或者说是吃不饱的岁月都算吧。

那个时候，我最喜欢的季节就是夏天。夏天热，太阳晒，但对于乡下的孩子来说，这都不是事，夏天里有太多太多好吃的，比如桃子和杏子。

麦子黄时，桃子就可以吃了。我家老屋的后门口就有一棵桃树，树有碗口粗，结的是毛桃。每年结的桃子不少，但从来没有熟过。因为在桃子熟之前，就被心急嘴馋的我偷吃光了。不单单是我，村庄里的小伙伴们也过来偷，谁叫这是村庄里唯一的一棵桃树呢？

记不清桃树开花的盛景，能记得的只是桃子初成的模样。桃子外面裹着一层厚厚的白绒毛，越小绒毛越厚。母亲一再警告，毛桃吃了会哑嗓子，但我从不在乎，常常是用水简单洗下，连核一起吃掉。那是因为桃子太小，桃核还没有长成。显然，桃子的香味是吃不出来的。那时我已经知道了西游记的故事，常常在想，孙悟空的桃子吃了真的能长生不老吗？我家的桃子吃了之后也能长生不老吗？

那棵桃树常常生虫，时有体型巨大的马蜂飞来飞去，很吓人。桃树本就长不高，而旁边日渐高大的刺槐和苦楝树慢慢把阳光全都收了去。没几年，寄托了我长生不老梦的桃树就死了，我再也吃不到没熟的毛桃了，但是却吃到了记忆中最好吃的桃子。

那是端午节前，父亲回家时带回了几个桃子，有鸡蛋那么大，青中泛白，在桃尖处略有点点红色，吃起来清脆爽口，满嘴流香。直到今天，我还能清楚地记得当年吃桃的情形。工作后，桃子上市时也曾买来品尝，虽然桃子一个比一个好看，但总吃不出当年的味儿，买了几次我就放弃了，“小桃三四点”只能深留心底了。

与吃桃子相比，吃杏子的机会就多多了，因为姥姥家门前有一棵很大的歪脖子杏树。杏子小而甜，熟时入口绵软，很好吃。姥姥常用毛巾包了，装在竹篮里送给我们吃，如今想来，真是幸福。

但那时我吃杏子，更多的快乐在于杏核。一枚枚小小的杏核，给我的童年带来了很多快乐。最常见的，是用来玩一种叫“抓子”的游戏。手里抓着几个杏核，快速地向上抛出，手背上落几个，手心里抓几个，再有几个落到地上。抓和落的杏核数与嘴里说的数字要完全一致，正确了连续做，轮数多者胜。我会玩，但水平不高，是个常输将军。

杏核还可以用来做成哨子。杏核晒干后，磨去一个尖，留下一个类似嘴巴的小口，用铁丝把杏仁掏出，杏哨就做成了。要想声音好听，就得慢慢地磨哨口。杏哨虽然吹不成曲，但声音好听又不吵人，我非常喜欢。

杏核带来的最大快乐是可以砸了壳卖杏仁，换点零花钱。于是在杏子上市的时节，我走路时常低着头，那是在地上找杏核。遇到有人吃杏子，耐心地在一旁等人家吐出杏核，这样的事是常有的。我现在特别能理解那些等空矿泉水瓶子的拾荒者，那种等待的心情，我也曾经有过。等待，总是件有希望有美好的事。

杏子还有一个重要的作用就是治瞌睡。小时候上课，特别是夏天，总是打瞌睡，被老师发现了就要罚站，还挨打。同桌家里有杏子树，上学时就带了几颗青杏来，瞌睡时拿出来咬一口，酸得龇牙咧嘴，眼睛眉毛都挤到一起了。如今想来，觉得牙根还是酸酸的，再浓的睡意马上都能烟消云散了。

年年吃别人的青杏觉得很没劲，于是就自己种。埋了几个杏核在院子里，第二年还真发了芽，但杏树长得太慢了，没等到开花结果，我就上中学住校了。再后来，有一年修院墙，已经有手腕粗的杏树被挪死了，那以后就再也没种杏树了。

如今，在校园里有大片的桃林，桃花开时，满园烂漫，颇具桃坞晴霞的古韵。可惜都是观赏桃，结的桃子味道一般，小鸟们都懒得吃。校园里也有几株杏树，花开时，我曾去拍照，无奈靠楼房太近，背景杂乱，“深巷明朝卖杏花”的诗意只能在古诗里寻找了。

桃儿红，杏儿黄，吃起来很香，说起来话长，一如回不去的故乡，转过身就是过往。

（本文写于 2020 年 6 月）

又闻桂子香

微雨后的清晨，我在环岛路上跑步，忽然一阵淡淡的清香迎面而来，熟悉的味道幽幽地钻入鼻孔，用力闻时似乎又没有了。我知道，这是桂花又开了。每年的仲秋时节，月亮岛上，众桂怒放，整个岛都浸在花香中。“桂子月中落，天香云外飘。”远淡近浓，清香绝尘，嫦娥的月亮仙境怕也是比不上的。

月亮岛上的桂花树有很多，桂花四个主要的品种丹桂、金桂、银桂和月月桂都有。金桂的花偏黄，银桂的花偏白，月月桂的花和银桂的花颜色差不多，但一年能开多次。最惹眼的是丹桂，花色橙红，阳光下花瓣晶莹剔透，让人看了就舍不得离开。我每每都是久立树下，大口大口地吸着浓浓的花香，我想让这花香浸湿我身上的每一个细胞，我想和丹桂的花瓣一样通透。

不过，我总感觉桂花最好看的样子不是在枝头盛开，而是花谢之后的一地橙红或金黄。可惜的是，在校园里这些落花在地面上是待不久的，保洁员很快就将它们当作垃圾扫走了。没办法，按规定落花落叶都是垃圾，不扫就得扣钱。花落无时，保洁员为避免多次清扫，有时直接摇树，多摇落些下来，清扫的次数就少了。常常有盛开的桂花在一夜之间花朵就没了踪影，那不是被保洁摇落的，而是被人偷走了。不知今年的桂花能开上几天？趁花还在枝头，我赶紧多吸上几口，说不定这就是最后的花香了。

初识桂花是在电影里。那是一部叫作《渡江侦察记》的电影，那个年代的大片，小时候看过很多遍。电影里游击队员和侦察员的接头暗号是“香烟洋火桂花糖”，香烟洋火见过，但没见过桂花糖。那时候就觉得，这能做接头暗号的桂花糖肯定很好吃。若干年后，第一次看到桂花糖时，我赶紧买了一大把。糖在嘴里，甜在心间，总算是抚慰了儿时就养起的馋虫。

读大学时，学校大门口有位老太太卖桂花酒酿，我曾在寒冷的冬夜里去吃过几次，印象深刻。毕业若干年后回学校，晚上和同学老吴在小九华的饭馆吃完油爆茄子后散步，在学校大门口居然又遇见了当年的老太太，卖的还是桂花酒酿。当然是又吃了一碗，恍惚间，又像是回到了青葱的岁月。大学四年，关于吃的记忆，除了油爆茄子，就是这碗桂花酒酿了。

桂花香，好闻好看好吃，但蜜蜂却不喜欢。按说这么浓的香味，肯定会吸引蜜蜂前来的，但站立在桂花树前时，从来都看不到嗡嗡飞舞的蜜蜂。原来是桂花的花粉不多，也没有什么蜜，蜜蜂们没有前来的动力。好在桂花是自花授粉，不需要蜜蜂蝴蝶的帮忙。所以，当你看到有人卖桂花蜜时，你知道的，那肯定不是蜜蜂酿的。

同样和桂花疏远的，还有《诗经》。诗经中写到的植物有上百种，但读遍三百多篇，居然没有一句是与桂花有关的。在那个年代，屈原在《九歌》中吟唱“援北斗兮酌桂浆，辛夷车兮结桂旗”，就连《山海经》也多次提到了桂花树，至于唐诗宋词中关于桂花的诗句，那更是数不胜数。我猜想当年不是没有吟诵桂花的诗，而是被孔夫子忽略了。如果有一天我能穿越过去，我一定要在《诗经》里加上一篇关于桂花的诗。

《诗经》中虽没有桂花，但六安民歌中是有的，六安市的市花也是桂花。有一首大别山民歌叫《八月桂花遍地开》，我上小学时就会唱了。当时唱着还觉得不解，六安并没有遍地开满桂花啊，至少我们那么大的庄子里，连一棵也没有。后来才知道，这首革命歌曲是歌唱苏维埃的。那时的我就特别想拥有一棵桂花树，几次都是把樟树的幼苗当成桂花栽在院子里，那自然是开不出桂花来的。后来，母亲终于在院子里栽了一棵桂花树，是棵银桂，如今枝叶亭亭如盖，可以坐在树下吃饭乘凉了。

月月桂又叫四季桂，和其他几种桂花一样，都是木犀科的植物。不过还有一种树叫作月桂，只在春天开花，但它是樟科植物，和樟树是近亲。“桂冠”一词中的“桂”，指的就是樟科月桂。在古希腊神话中还有个月桂女神，那是被丘比特捉弄的达芙妮。她在被铅箭射中后，为了躲避太阳神阿波罗，万般无奈之下，变为月桂树，成了月桂女神。所幸月亮岛上没有丘比特，没有阿波罗，也没有月桂女神，有的是“自是花中第一流”的桂花，有的是琅琅的书声和奔跑的脚步。

（本文写于 2020 年 9 月）

《诗经》里有棵扶贫树

盛夏时节，绿很肥红很瘦，月亮岛上也是如此。环岛路上的合欢花逐渐凋零时，路边繁复浓密的树丛中，有一朵朵的小红花开放。走近一看，原来不是什么小红花，而是一个个橙红的果子。这些橙红的果子，乍一看像是个圆球形的草莓。上面的果粒鼓鼓的，一个个直立着，伸长脖子，像是要挣脱离开，远远看去，确实很像是盛开的小红花。

这些开着小红花的树，我很久前就认识了。在乡下，我们叫它皮树。

老家的后院里就有一棵皮树，碗口粗，有着笔挺的树干。树皮的花纹斑驳，极像是迷彩。树叶和叶柄上长着厚厚的绒毛，摸上去感觉怪怪的。每到夏天，皮树上便结满了青青绿绿的果子。果子如杏子般大小，外皮粗糙，颗粒感很强，完全不是杏子那般可爱的模样。果子成熟时，青果变成了红果，枝叶间满是蜜蜂和马蜂，嘤嘤嗡嗡的。没几天，熟透了的果子就落了，黏糊糊的，满地都是。蚂蚁和众多飞虫不请自来，还有大群的绿头苍蝇。苍蝇是令人讨厌的，我便常常用大扫把把它们扫进垃圾坑里。我从未想过，这些红红的果子，居然是甜的，不但可以吃，而且还是一味有名的中药。

真正认识皮树是在一本书里，那时我正在读《诗经》。在图文并茂的书页中，我发现一张照片上的植物似曾相识。“乐彼之园，爰有树檀，其下维穀。”穀者，构树也，也就是我所认识的皮树。

熟悉而陌生的构树，在月亮岛上举目皆是。所不同的是，我家后院里的那棵构树是笔直挺拔的，而岛上的构树大大小小都是歪歪扭扭的，这里一丛，那里一团。有的高大参天，却枝丫乱横，胡子拉碴；有的缩首缩脑于灌木丛中，身形低矮。没人修理的构树，显然已成杂树了。

构树在古代多被称为“楮树”，《诗经》上称其为“穀”，朱熹在注解《诗经》时称其为“恶木”。《诗经·小雅·鹤鸣》这样写道：“鹤鸣于九皋，声闻于天。鱼在于渚，或潜在渊。乐彼之园，爰有树檀，其下维穀。他山之石，可以攻玉。”把作为栋梁之材的檀树与视为“恶木”的构树、待琢的璞玉放在一起吟咏，其原意是劝诫君王广开言路，选贤任能，远离小人。但我以为万物天成，各有其用，无分尊卑高低，不必厚此薄彼，正所谓“他山之石，可以攻玉”。

然而，朱熹的“恶木”一说，恰如宣判，一举定下了构树的恶名。《水浒传》中那个可怜的武大郎连个名字也没有，但却有个诨名“三寸丁穀树皮”。在朱熹之前，《齐民要术》教大家用构树皮造纸获利。在朱熹之后，《本草纲目》说构树全身都是救死扶伤的好药材，但这些都没能改变构树在人们心目中的形象。

恶木也好，良药也罢，生生不息的构树一直是我国大部分地区的典型乡土树种。它生命力强大，适应性强，无论土地肥瘦，只要气候适宜均可生长。从远古时代的构树皮制衣保暖，到三国时开始采食其花叶果实，千百年来，构树一直在默默奉献着。

但构树果能吃，构树叶能喂猪，这是小时候的我所不知道的。构树枝叶被折断时，折断处会有白色的汁液流出。它的青果被踩烂时，也会流出白色的汁液，粘到手上，马上就会变成黑乎乎的印儿，半天都洗不掉。这点确实不同于其他树木，也着实吓着了小时候的我。我打猪草时，从来不敢动它的叶子，而那落了一地的果子，当然更不敢去品尝一下。但没曾想到，这看似可怕的果子居然还是一种美味。童年少了这样的美味，我深深地感到遗憾。那时，我不识《诗经》，更不知道《本草纲目》，不读书，连美味都会擦嘴而过。

构树是雌雄异株的植物。雌树的花是球形头状花序，开花时是一副披头散发的样子，类似小红花的果实就是由这些花结的。雄树的花是柔荑花序，春天时，随最早的叶子一起长出，形状颇似桑葚，颜色灰绿，又像是胖胖的毛毛虫。不过，这毛毛虫可是一道时令好菜，裹面蒸或者焯水后炒肉均可。构树的雄花还有个特殊的本领："冒烟"。雄花成熟时，遇到触动，会快速向周围喷射花粉。等到来年构树花开时，你可以摇动下它，让它为你表演"冒烟"的把戏。

构树的叶子很有智慧，特别是幼树。初发的嫩叶是卵圆形的，略微长大一点时就开始变形，叶片上会长出不规则的深裂，像是被虫子吃了一样。这些鬼脸般的叶子，原来是幼树的自我保护。因为虫儿们从来不在残缺的叶子上产卵，构树叶子长出深裂就是为了保护自己。

深秋时节，经霜未落的构树叶阳光下明黄一片，虽比不得乌桕树叶的绚烂，但几片黄叶高挂于光秃秃的枝头，也为秋天增加了一道明亮的色彩。

构树在《山海经》中也经常出现，仙气十足。然而身背恶木和不材之名，古往今来，几乎没有被诗歌吟诵过。只有宋人刘克庄的“楮树婆娑覆小斋，更无日影午窗开。一端能败幽人意，夜夜墙西碍月来”，算是安慰了下构树寂寞的心。

不过，如今的构树已今非昔比。2005年，“杂交构树”搭乘“神舟六号”飞船遨游过太空；2015年，构树扶贫还被国务院扶贫办列为十大精准扶贫工程之一。在我的老家六安市顺河镇，就建有一个构树产业扶贫示范基地，《人民日报》副刊还载有《构树扶贫记》。基地里种植的是改良之后的构树品种。这种改良后的构树生长迅速，像韭菜一样，一年能割上好几茬，收割的构树枝叶经过发酵制成的精饲料可用于养殖。

这个被朱熹老先生称之为“恶木”的构树，这个我平日里不曾喜欢的构树，在现代科技的驱动下，由“不材之树”变成了脱贫致富的“摇钱树”，进而还能带动一方经济造福一方百姓，实在是可圈可点。

人不可貌相，海水不可斗量。人犹如此，树也如此。

（本文写于2020年9月）

蓼子草的等待

清晨跑步时，余光中总是觉得河床上似有一片粉色铺开。那该会是什么花呢？几次想去看看，又怕衣服汗湿了着凉，犹豫再三还是直接回家了。下班时看见路边绿化地里有一丛丛不起眼的粉色小花，那是母草和爵床。河床里的那一片粉色会是它们吗？

周末晨跑，不用急着上班，也实在是挡不住那粉色的诱惑，便下到河道里一探究竟。走近了，才发现那些粉色是盛开的蓼子草花。前一段时间，在写关于蓼的文章时，还觉得蓼子草离自己很遥远，没想到它们就静静地站在我日日跑步的河边，看着我气喘吁吁，看着我汗流浃背。

蓼子草和《诗经》上提到的红蓼水蓼是同科同属的堂兄弟，但是个子很矮，只有十来厘米高，习惯匍匐在干涸的河道或湖床上生长。它的花也不是形似狗尾巴的穗状，而是顶上开花的头状花序。花被深裂成五瓣，外粉中白里黄，像颗五角星。雄蕊上深色的花药像是一只只眼睛，浮在挤挤挨挨的花瓣上，看上去好像是无数的笑脸重叠在一起，甚至有清脆的笑声在花瓣上飘荡。

和红蓼水蓼不一样的是，蓼子草是多年生的。未开花时，密密的叶子铺在地面上，像是铺了层绿色的地毯。花开时，粉色的花朵，一朵挨着一朵，手拉着手，肩挽着肩。花开之处，像是给绿毯子绣上一大片粉色的花团。河床起起伏伏，粉绿相间的毯子，沿着水边一直伸展着，更像是在河道上飘着一条柔滑闪光的缎带。附近的红蓼水蓼和这粉绿的缎带一对比，显得有些逊色。那些身形纤细的薹草，叶子已经开始泛出枯色，微低着头，显然是想躲开这粉绿的惊艳。至于那些秋风中歪歪扭扭的芦苇，蓬头垢面的，别提有多狼狈了。只有略高于蓼子草的水竹叶，以更青翠的绿，还在河床上奔跑着，和未开花的蓼子草一起流淌着无尽的绿。

我是常常在河道里逡巡的，但从没有在意过脚下绿油油的小草，我原以为那是才萌发的水竹叶。就在前不久，我还踩过它们去拍水蓼和芦苇，没曾想才过了几天，脚下的小草竟然织就了粉绿相间的绸缎。草别三日，也当刮目相看啊。想来是今年橡胶坝放水早，久晒之后的河床成了蓼子草的乐园。令我不解的是，前几年从没有在河床上见过它们的身影，它们在水下能蛰伏这么久吗？这些蓼子草守候时的坚忍与耐心，远远超出了我的想象。

太阳升起来了，抖落一身露珠的蓼子草神采奕奕，没有一丝多年蛰伏的寂寞和疲倦。它们昂着头，阳光下，粉色的花儿开心地笑着。那笑声像是在说，只要耐得住寂寞，一切等待都将美好。

（本文写于2020年11月）

苜蓿飘香

清早有雨，没跑步，也没去吃元宵，更没去菜市场大采购，晚餐就没有素菜可吃了。准备去超市买时，看到老许发来和小雪一起采摘苜蓿的图片，赶紧拿了个塑料袋，一路小跑赶过去。晚餐的素菜就吃苜蓿好了。

春天里，月亮岛上可吃的野菜有很多。我从来都是动笔不动手，在文章里写得热闹，就是没有真正动手摘来做菜。这头一遭的结缘要落在苜蓿头上了。

总感觉今年的春草比往年要丰富和茂盛，最常见的是蒲公英。不论是在校园里，还是在河滩上，蒲公英那金黄的花朵如满天繁星，撒得到处都是。那笑脸，灿烂地注视着你，让你不忍心去摘它的叶子。没有了叶子做伴，什么样的花儿也笑不起来。再想到花开之后那些毛茸茸的小球和那些将要撑着小伞四处流浪的果实，就更舍不得去摘了。

苜蓿在岛上有很多，在校园里低调而瘦小，往往是黄黄的小花刚开，就被割草机割了。相比之下，校园里的车轴草和酢浆草就幸运得多。它们是被栽种的，不但不会被割掉，还会被浇水施肥，大腹便便的样子，很有派头。其实它们三个的模样差不了多少，没有开花时，很多人分不清。但出身的不同便决定了命运的不同，苜蓿在校园里只能算作野草，一切要靠自己，有谁会去关心苜蓿是被誉为“牧草之王”的呢?

环岛路边的草坪上也有苜蓿的身影，和校园里的苜蓿身材差不多，拿来吃的话还是瘦小了点。不过，这些苜蓿显然要幸运许多，园林师傅们基本上半年来收拾一次。草坪上都是些强势的小草，作为野草的苜蓿，抢到的地盘虽不多，但是在早春时节，草坪上的草还没绿起来，苜蓿就开始在料峭的春寒中快乐地歌唱了，那时的世界是属于苜蓿的。

我要摘来吃的苜蓿，是在岛上杂树林的深处，是老许的最新发现。自从教会老许认识苜蓿后，据说他已经连吃三天了，从菜市场上一直吃到野地里。

杂树林里有一小块一小块的空地，被人们开垦成了菜地。菜地边绿油油的，满满地挤着的都是苜蓿和野豌豆，一个开黄色的小花，一个开紫色的小花，手拉着手，挤作一团。树丛中的它们，也许是少了打扰，长得肥肥嫩嫩的，看得人直流口水。“大麦新炊苜蓿盘，一壶春酒小团栾。”赶紧弯腰掐了两大把，哼着小曲，满载而归。

野豌豆，也就是《诗经·小雅·采薇》中所说的“薇”，其口感和营养价值都比苜蓿要差一些。只是在那个年代，采薇姑娘是吃不到苜蓿的，苜蓿是在西汉时才由张骞从大宛国带入中原的。

苜蓿是一种多年生的草本植物，岛上常见的是开黄花的南苜蓿，又叫金花菜、草头，张骞当年是把它作为牧草带回中原喂马的。吃了苜蓿的战马，为汉武帝开疆拓土可是立了大功。不过，稍有遗憾的是，如今作为养殖精饲料的苜蓿，基本上都靠从国外进口。

现代研究发现，苜蓿富含蛋白质，其含量占干草总质量的17%至20%之多。善吃的国人当然不会放过营养价值极高的苜蓿，可惜苜蓿的叶子小，生长快，湿度不够时容易变老，不然早就被种进菜园子里了。

苜蓿的吃法有许多种，清炒、凉拌、蒸，也可切碎做馅或和面做饼。我选择最简单的做法：凉拌。清水里洗上两遍，然后焯水。为了保住苜蓿清绿的颜色并去掉苜蓿中的草酸，焯水时要在水中加少许的油和盐，焯水30秒左右，捞出控水后放入碟中。佐料要另外配，蒜末、醋和少许的白糖，和匀后浇在苜蓿上就可以上桌了。当然，最好再加点红剁椒，万绿丛中几点红，色香味俱全，可不是一般的好吃。

如此美味的苜蓿，自然少不了大诗人们的点赞。晚年的陆游有诗写道："苜蓿堆盘莫笑贫，家园瓜瓠渐轮囷。"不要看我吃苜蓿觉得我穷啊，我家园子里瓜果快要长大了，我可不缺吃的。好吃的苏轼也有首诗写苜蓿，"久陪方丈曼陀雨，羞对先生苜蓿盘"，但这一次写的不是吃，是清贫，还有寂寞。

（本文写于2021年3月）

观读随想

有书可读

有书可读，真是一件幸福的事。

但读《如何阅读一本书》，我是犹豫了很久。我也算是读了不少书的，难道还不知道如何阅读一本书吗？看到挑灯夜战的儿子，几乎没有阅读时间的他，这本书在他大学入学时送给他也许正好。于是，我就打开了。

书是好书，确实经典，但开篇有些啰嗦，好在书从第二章开始，可读的内容就慢慢多起来了。如果这本书能帮助儿子多读书，爱上读书，那我会很开心的。

有书可读，于以前的我实在是种奢侈。生在乡下的我，小时是没有什么书可读的。上初中时，学校在镇上，于是有机会徘徊在街上卖小人书的书摊前，有时用一分钱就能读上一本。那时我的个子很矮，坐在小板凳上，一读就入了迷。但那时一分钱也是很难有的。

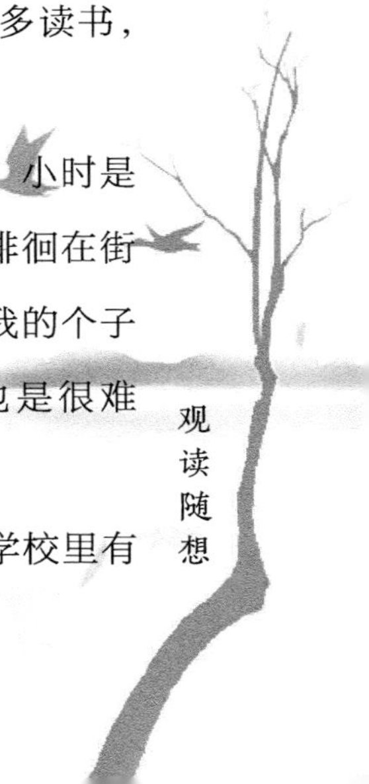

真正读书，是上了高中。高一一次偶然的机会，得知学校里有

间图书室，可免费借书来读。从那时起，我常常到图书室借书，看着一大摞书从黑洞洞的窗口递出来，心里别提有多高兴了。看的也不是什么名著，都是些期刊，像《人民文学》《收获》《十月》《清明》等。当时有很多名篇以图书的形式正式出版之前，都是先发表在这些杂志上，于是我就先睹为快了。书读多了，作文也写得相应好起来了。从高二开始，语文老师再也不批评我的字写得差了，因为作文课上常常读的作文都是我写的。有意思的是，当年文理分科时，我选择了理科，成了“理工男”，后来居然还写起了代码。

光阴荏苒，转眼之间我的孩子都要参加高考了。现在的办学条件肯定要比以前好，图书室里的藏书一定少不了。但两年多来，我从未看儿子借过书，我猜测，他可能都不知道学校的图书室在什么地方。家里的书柜上有他专门要买的《三体》，基本上还是买来时的样子。我收藏的上百本书，他也只是在很久以前看了半本《安徒生童话》。

高三的孩子很忙很累，是没有时间看闲书的。以后手机所带来的碎片化阅读，可能会让他更加远离厚厚的纸质书。我读这本书，推荐给他，是想让他学点阅读技巧。如果他能爱上读书，在浩瀚的书海中能找到自己想读的爱读的书，那就更好了。

有书读的时光是幸福的时光，有书陪伴的生命定然不会孤独。

（本文写于 2019 年 1 月）

人淡如梅

昨天应老学生之约小酌，看天色尚早，便沿着河边慢慢走过去。

雾霾很重，滨河公园里几乎没有人影，挤挤的是些常绿树木和棕竹。没有蓝天没有阳光，它们的倩影是打动不了我的。河面上有两只小鹈鹕，自在地游来荡去。几只鸟儿，在光光的树枝上蹦来跳去，叽叽喳喳地叫着。我索然无味地穿行着，目光所及之处，全是认识的树木花草，毫无新趣。

忽然间，一阵幽香从空中飘了出来。我知道，这是腊梅。四下里一看，原来是在河边的坡地上。于是，顾不得天冷不得劲的伤腿，手脚并用地爬上坡去。上得坡来，整个人就浸入梅香中了。

这是很大的一片腊梅丛，暗淡的天空下，香气很浓郁。暮色已浓，举起手机，已经拍不出精致的味儿了。试了几张后，干脆就不拍了，收了手机，在满地的梅叶上一坐，且享受这无边无尽的梅香好了。五米之外，车声喧嚣，与我仿若隔世。可惜没有暖阳，不然

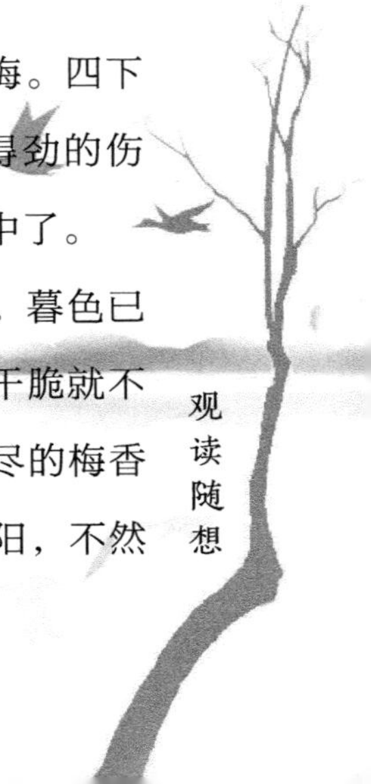

梅下小睡，一梦如仙，岂不美哉。

所谓踏雪寻梅，也不过如此吧。

而此刻，我坐阳台上，正午的阳光包裹着，我捧着丰子恺先生的书，读着他的文字，看他的画儿。这样的冬日，阳光温暖，直晒心田。人到中年的我，身体在遭受重创之后，说话的声音轻了，走路的步子慢了，连酒量也跟着变小了。我觉得我一天比一天淡了，淡如那拍不出形的腊梅花。是人淡如梅吗？

你看，我正在读的这本书，它的名字叫《万般滋味，都是生活》。

（本文写于 2019 年 1 月）

读《城南旧事》，听弘一老歌

知道这本书很久很久了。上中学时，曾在收音机里听过同名电影的录音剪辑，后来也曾看过一点电影的片段，故事情节不记得多少，但电影里那首李叔同填词的歌曲《送别》，我是可以把自己唱到潸然泪下的。

一直没读此书的原因，除了怕落泪之外，主要是每次要买书时，发现书店和出版社把此书归类为儿童读物。我以为这本书虽是以儿童的视角写的，但儿童又怎么能读懂呢？一看到这样的分类，手就缩回来了。

前一段时间读了本丰子恺先生的书，丰先生是李叔同的学生和挚友，书中有文章专门写了弘一法师。于是我又想起了那首《送别》，又想起了《城南旧事》。刚巧在网上看到浙江文艺出版社的这个版本，装帧精巧，颇有些古旧的韵味。在这辞旧迎新的年根儿，我且读来，一了久愿。当然，读书时，如果耳边能有《送别》的歌声响起，沉浸在旋律中，那一定是很美好的。可惜儿子要学习，这租来的房子，方寸之大，不能有此奢望了。也好，大过年的，如果我边听边读，泪水涟涟的，那该如何是好。

书中的文字并没有那么悲切，以小英子的视角，说着20世纪北平城南的诸多旧事，尽是些孩子们的喜怒哀乐，也确是儿童读物，这本书推荐给孩子们读也最好。也许，他们读不出文字中那深深的思念和悲哀；也许，他们能快乐地融入小英子的世界中。这世界更深更真的东西，往往是孩子们看不见的。而大人们经历了太多的风霜雨雪，能看见文字里面更多的东西，不大容易被孩子眼里的悲苦击中。

然而，在这个阴冷的下午，当我读到“爸爸的花儿落了，我也不再是小孩子”时，眼里还是充满了泪水。

（本文写于2019年2月）

书非买不能读也

新华书店是个好去处，有书有笔，没有锣鼓喧天的音乐，没有声嘶力竭的吆喝，而且现在的书店里居然还有间咖啡店。不过，相对于咖啡的香味，我更喜欢弥漫在空气中的书香。

网上买春联纸时错看尺寸，家里毛笔太小，得要买支大笔，于是又一次去逛书店。上午的书店真安静啊，书架前的人影只三三两两，喜欢看书的孩子还没有挤满书架边的椅子。书架间的过道空荡荡的，估计放假的孩子们大多在睡懒觉。今年开始禁放，没有烟花没有爆竹，如果再没了书店，那只能天天睡懒觉了。

我逛书店买书，主要看书脊和封面，通过书名、作者、出版社和装帧，大致就能判断是不是自己要的书。除非是确定了，一般很少拿起来打开看。不是自己的水平有多高，而是实在不喜欢折腾一本自己不买的新书，也不希望别人买了一本粘满指纹的书。

买书的习惯上大学时就有了。大学四年攒了上百本书，经费来源主要是带家教挣的工资。那时，学校大门斜对面就是新华书店，旁边是一排个体小书店，看书买书很方便。也曾和一个师弟合伙，从书店批发了书回来，晚上挨个寝室推销，用赚得的差价去买自己想读的书。可惜那时目光短浅，只想赚钱买几本书读，没想把卖书的事业发扬光大，不然我现在就是著名的书商老总了，家藏万卷那都不是个事。

曾买过一本骆一禾主编的海子作品集，书名不记得了，借出去后被弄丢了，很是心痛了一段时间。工作后买了一本厚厚的《海子诗全编》，算是安慰了下受伤的心。《平凡的世界》三卷本刚出版时，我买了一套，借出去等到再还回来时，书已被摧残得不像样子了。折痕、水渍、卷边、破损，连封面和书脊也磨破了。最令人气愤的是，还有人在书里胡乱做批注。无法找到责任人，因为书被转借了很多很多次，能物归原主就很不错了。这套书现在还在我的书架上，但从那时起，我的书就再也不外借了。

大学时没有书架，怕那些书在我不在寝室时遭遇不测，所有的书都在床里靠墙放着。我睡上铺，非有我以上的身高，否则伸手是够不着的。书都用白纸做了书封，看不清摸不着，也许就作罢了。现在我的书架上，很多书当年的书封还在。

如今，我依然不喜欢外借自己的书。所谓“书非借不能读也”，那定是袁枚骗人的鬼话。好书，不仅仅是读，更应该是拥有，不仅仅是读一遍，更应该是读很多很多遍。而对于真读书的，我虽不借书，但倒是愿意买了新书相送。不是自己富有，而是书真的不费钱，一包烟就可以买一本书，一瓶酒就可以买好几本书。

这么说着，我又想去“喝”几本书了。

（本文写于2019年2月）

诗读李贺

诗是常读的。读得多了，也能背点，但背的多是残篇，常常是只能记住了诗中那更耀眼的一两句。比如李贺的“天若有情天亦老”“少年心事当拏云”，只知这一两句，不知道对应整首诗的全貌。冬去春来，校园里玉兰开罢桃花怒放，正是读诗的好季节，何不背上几首呢？那就先从李贺开始吧。

李贺英年早逝，留存的诗不多，薄薄的一本基本上就收集齐了。书虽薄，但纸张、印刷和装帧都还说得过去。每首诗后都有注释，生僻字有注音，读起来比较方便。不过，诗后所附评注者的评析，姑妄听之。评注者那严肃的样子，让人忍俊不禁。

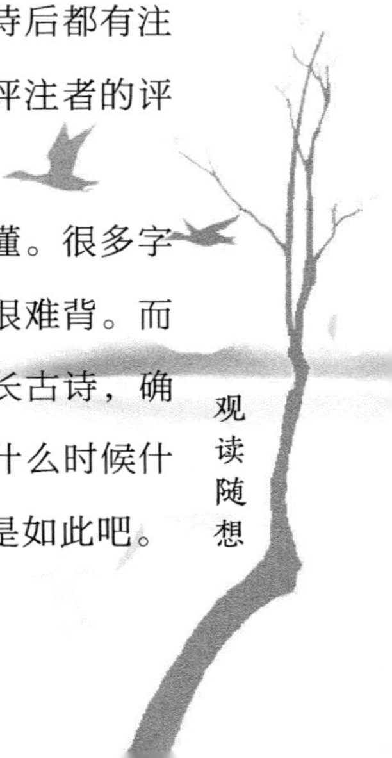

昌谷先生的诗用典多，意象辽阔，没有注释，很难懂。很多字古音丢失，导致很多诗句不押韵，读起来极拗口，真的很难背。而我如今霜染两鬓，早已虚度了背诗的黄金时光，再来背长古诗，确是自找苦吃了。但背诗的乐趣在于，你背着背着，无论什么时候什么地点，看到的想到的都是诗。所谓诗意生活，也许就是如此吧。

睡前背上几句，梦中都会装满诗句。起床时背上几句，刷牙时都要忍不住背出声来。吃早饭时，一口面一句诗，面条与诗俱入腹中，真的是腹有诗书了……租的房子在十三楼，二百多级台阶，爬起来气喘吁吁。但背诗上楼就不一样了，一首诗还没背完，居然就到了。进门前一刹那，怎么又忘了一句，赶紧看看手中的小纸条，再默背一遍。推门进家，感觉气势都足了许多。

爬楼梯时，一步一台阶，背《李凭箜篌引》；等红绿灯时，一闪一亮，背《金铜仙人辞汉歌》；吃早饭时，一饭一面，背《雁门太守行》；晚饭后消食时，一步一思，背《致酒行》……一切无关风和月，不论时境与诗境。无人时大声诵读，有人时小声念读，独处时如僧人念咒嘤嘤嗡嗡，热闹时默然不语静水流深。

是啊，如此壮美的诗篇，我要且读且背。这么诗意的生活，我们且行且珍惜。

（本文写于 2019 年 3 月）

读《傅雷家书》，养家国情怀

读书如看风景，普遍意义上壮美的景色，大家是都能看得到的，但细微之处会因人因时因角度不同而有所不同，甚至是截然相反。正如苏轼诗中所说，“横看成岭侧成峰，远近高低各不同”。《傅雷家书》这本书我读过许多遍，再一次掩卷，心潮依然久久不能平静。

傅雷，字怒安，原江苏省南汇县下沙乡人（今属上海），生于1908年4月7日，1966年9月3日和夫人朱梅馥一起自缢身亡。傅雷先生是著名的翻译家、文艺评论家，主要翻译了巴尔扎克和罗曼·罗兰的作品。他有两个儿子：傅聪，著名的钢琴家，英籍华人；傅敏，北京一名中学英语老师。傅雷先生生于江南望族，四岁丧父，由寡母含辛茹苦抚教成人。先生少年时所受的磨难，坎坷的成长经历，加重了他的耿直执拗，也给他身上打上了很深的传统文人的烙印。“文革”中，他不甘低头受辱，宁愿以死抗争，正所谓“士可杀不可辱”。

傅雷先生的好友钱锺书曾这样评价，中国现代文化史上，两个人很重要，一个是“不宽恕”的鲁迅先生，一个就是“大爱”的傅雷先生。傅雷先生性格耿直，爱憎分明，我以为这个大爱，就是爱真实、爱真理。可以说，傅雷先生是一位特殊时期的传统中国知识分子。正如他在给傅聪的信中给自己的定义——理智上的纯粹的东方人，情感和天性上的西方人。

我第一次读《傅雷家书》是在上大学期间，一个偶然的机会接触到这本书，读来觉得有很多触动，便多次从图书馆借阅。后来觉得借阅不过瘾，自己又专门买了一本慢慢看。这本书对我个人的成长、工作和生活都有着很大的帮助。但是，我觉得真正要读完这本书是很难的。我二十来岁做学生时读，三十多岁工作时读，如今快要知天命了还在读。每次读来，感受都是不一样的。今天，我把我的感触写出来，如果因我的文字，能让大家三读这本书，那我就非常开心了。美好的东西能和大家一起分享，实在是一件美好的事。

我学的专业是计算机，身上没有耀眼的光环，就是个普普通通的教师。但受《傅雷家书》的影响，我喜欢读书，背点诗词，有时自己也写几首。我喜欢音乐，中国的民乐和西方的古典音乐、中国传统戏剧和西方歌剧，我都喜欢听。我不会画，但为了欣赏画，看了很多绘画方面的书。我还喜欢拍照，喜欢旅行，关心路边的杂树和野草。偶尔也写点散文或读后感，文章一般在800字左右，我和儿子说，我这也是在写高考作文呢。

为什么有这么多兴趣爱好呢？这当然是受《傅雷家书》的熏陶，绝不是附庸风雅装腔作势。我懂点网络懂点信息化，也会写点代码，但仅懂自己的专业，这是远远不够的，人得要丰富起来。我喜欢读书写文章，我不在儿子面前玩手机，我想以我的行动影响我即将参加高考的儿子，同时也影响和带动我的同事们去读书。我不优秀，但我努力做得更好。古人说“修身齐家治国平天下”，如果我们每个人都能做到“修身齐家”，那何愁不可以“治国平天下”呢？

《傅雷家书》这本书版本众多，收录的书信大致相同，主要是从1954年傅聪到波兰留学开始到1966年傅雷夫妇去世，在这12年间所写的数百封家信。这是12年的坚持，是父亲和远在异国他乡的儿子之间的血肉亲情联系。这份坚持，令人仰视，令人崇敬。书信的内容覆盖范围之广，令人震惊。从高雅艺术和人生观，到婚姻、学习、生活，甚至待人接物、家庭理财等，都有所涉及。而书信中关于音乐、美术、文学方面的讨论，又展现了傅雷先生深厚的艺术素养和人文底蕴。这些书信呈现了一位有良知的知识分子对自己人格的坚守，对中国优秀传统文化的信仰，同时也展现了他舐犊情深。书信中处处可见先生对文化的坚守和传承，他喜爱陶渊明，视富贵如浮云，欣赏并坚持中国的人文精神。他赞赏古希腊的人文精神，对欧洲16世纪文艺复兴有自己独特的理解。每每读来，总感觉这是傅雷先生写给我的书信。是啊，这是一位大爱的父亲写给天下所有孩子的信。傅雷先生是我们精神家园共同的父亲。

《傅雷家书》从1981年首次出版以来，多次重印，发行量上百万册，2004年还入选了中学语文课本。这表明这些书信是对中国优秀传统文化的继承，是对中国文人的价值和精神的肯定，和中国人的精神家园建设是契合的。我们从书信中很容易看出，先生是以朋友的方式和儿子进行平等交流。这种交流如果也能延伸至今天的学校师生之间，难道不是更大的进步吗？如果父母和孩子、老师和学生的相处交往，都能体现这种平等，那中国的教育会有一个很大的进步，整个社会的文明素养会有一个很大的提高。

今天，重读《傅雷家书》，我再次感受到了先生对自己的严格要求，对艺术对人生孜孜不倦的探索，对我如何做一位父亲，如何做一名教师，如何做一个大写的“人”，更是一种教育，一种鞭策。

傅聪曾评价他的父亲是“又热烈又恬静，又深刻又朴素，又温柔又高傲，又微妙又率真”。是啊，书信中有温情，有智慧，还有对生活、工作、理想朴素而深刻的见解，不仅在教人如何为人父母，也在警示世人如何做子女，更在指引我们对生活、学习、工作、理想该有怎样的态度和追求。

金庸先生曾经这样评价《傅雷家书》，他说：“这是一位中国君子教他的孩子如何做一个真正的中国君子。”我想，我也应该努力做一位真正的中国君子，我的儿子也应该努力做一位真正的中国君子，我的学生也当努力做真正的中国君子。

回想当年，第一次读到这本书时，读得非常吃力，吃力是因为我觉得我一无所知。书信中提到的音乐、绘画方面的知识，我不知道。书信中说到的诗词歌赋，我也只知道语文课本上的那几首。惭愧之余，我开始恶补相关的知识，开始读书并从此爱上了读书。如今，捧起这本书，总算能够跟上先生的文字了。读这本书，我们时而穿梭于文学长廊，欣赏唐诗宋词的妙处，徜徉陶渊明李白苏轼的精神家园；时而流连于旋律优美的音乐殿堂，听贝多芬的抗争，听莫扎特的恬静，听肖邦的忧郁，听巴赫的神秘；时而游溯于历史长河之中，感受文艺复兴时期人的觉醒，感受巴洛克时期的浪漫；时而来到白雪皑皑的阿尔卑斯山下，波光粼粼的塞纳河畔，饱览瑰丽的自然风光，俯仰壮美的山河。我想，这样的“修身”也正是我一遍遍重读这本书的主要动力吧。

“粗缯大布裹生涯，腹有诗书气自华。”让我们热爱读书，用心读书，关爱亲人，关心朋友，关心社会。从今天起，做个幸福的人，面朝大海，天天读书。

（本文写于 2019 年 4 月）

读书的“五一”不堵车

难得有个假期，当大家争先恐后挤向高速和景区的时候，我在家里读阿根廷作家胡里奥·科塔萨尔的《南方高速》。朋友圈里和新闻里都说五一高速堵得厉害，但远远没有小说中的南方高速堵得那么厉害，还没有堵上几天，还没堵得有人谈恋爱。我这不是幸灾乐祸，我也确实是不能往外跑的。孩子快要高考了，虽帮不了什么忙，但陪伴总是要有的。还有，要折腾那个已经漏了七八年如今依然在漏水的房顶，其实这也是一种“堵车”，本可以不“堵”的。

车一堵，高速公路上就形成了一个临时的群体，在这个临时的群体中，大家各显神通各尽所能，有交流有合作，有猜忌有同情，有阳光有阴霾，甚至有死亡有爱情……当高速渐渐畅通，车速慢慢恢复正常，这个临时的群体就烟消云散了。无论怎样加速追赶，那个因拥堵而形成的短暂的美好已经追不上了。生活啊，就像是这高速公路，我们拥堵，我们路过。这拥堵正如对窗外美景的深情一瞥，我们且珍惜这一瞥吧。

《南方高速》这本书是个短篇小说集，由三个集子组成，很值一读。其中第二个集子开始几篇很难读，不明所以，像是眼前突现的一座山峰，看不清去路，也看不见风景，待翻过山去，方是柳暗花明。《魔鬼涎》里的少年，《秘密武器》的玻璃球，《追寻者》的萨克斯，《万火归一》里的火，太多太多了，虚无曲折，离奇魔幻，满满的马尔克斯、博尔赫斯的味道。一方水土一方人，也许是地域文化造就了这种风格独特的作品。

（本文写于 2019 年 5 月）

读有字西游，取无字真经

四大古典名著从识文始，就回响耳边。说来惭愧，一直没有真正意义上完整读过，虽然四本书已久立书架之上。自己对四大名著的了解，主要是通过评书和电视剧，而这两种形式只是图得一时热闹而已。时至今日，方才完整读了其中之一的《西游记》。读之叹之，待到掩卷，感慨万千。读书要读原著，还真是这个道理。

书是若干年前买的，长春出版社出版，异体字有注音和注解，虽是文白相杂的古白话，读来也倒轻松。作者是有真本事的，且不论情节叙事，单是100回里回回都写几首诗进去，夸景赞人忆旧，不是七言就是骈文，想来在明朝写文也真不是件容易的事。小说的主要情节，大家都很清楚，凡是有背景的妖怪都有个好去处，没有背景的就是一棍子打死。妖怪的洞府都似江南园林，美不胜收，简直就是仙境；女妖精们都是花容月貌，美艳温柔，不是仙女胜似仙女；妖怪们出场和打斗前，都先来几句长诗短句自我吹嘘一番，好似如今唱戏一般。原来妖怪也能作诗，实在有趣。

读完后掩卷长思，唐僧取经要度那九九八十一难，不也正是我们生活的样子。我们的人生也似取经，也是不停地遇难度难，而这度难的最终就是忘却自己，舍去奢望。你看那唐僧取经路上，既不会飞也不能游，等最后到了凌云渡，无底船居然也可过河，那专爱饕餮大餐的猪八戒在被封为净坛使者后，居然食欲不振了。

如来说：“白本者，乃无字真经，倒也是好的。”无字的经书比有字的有用，但普通如我，只认识有字的书，那我读书又是为了什么呢？此刻，岛上夜阑人静，风摇杨树，哗然如语，一枚黄叶轻盈飘落，温暖而美好。读万卷书行万里路，我当且行且读，下一本也许就是那无字真经。

（本文写于 2019 年 7 月）

走进坛城，走出坛城

读美国博物学家戴维·哈斯凯尔的《看不见的森林》，让我对周围的世界有了不一样的认识。

夏日炎炎，当我躲进树荫时，从来没有关心过头顶上的那片树叶，也未曾在意过一起躲进树荫里的飞虫。我以为所有的叶子都是喜欢阳光的，身边的虫儿都是来觅食的。谁曾想，喜欢阳光的叶子是受不了骄阳的，那么多的阳光突然挤进来，叶子“吃”不下，会撑死的。那躲进树荫里的虫儿，目标根本不是食物，而是和我一样，是躲进来纳凉的。阳光轻轻一晒，小小的虫儿体温会上升，不躲起来，会被晒死的。虫儿不停地振动翅膀，不单单是为了飞翔，还可用来散热。

萤火虫的灯是用来恋爱的。那盏灯，一闪一闪的，照亮了我童年多少夏天的夜晚。好吃的蘑菇是真菌，菌丝在繁殖时对DNA的选择，聪明得像长了脑袋一样。其实我们吃的不是蘑菇，而是古老的智慧。早春的小草小花为何那么早开花结果？往往春天还未开始，它们就籽熟叶枯了，原来是它们要赶在树叶成荫之前生长，树叶一成荫，它们就没有了阳光，也就没法生长了。

蝈蝈的耳朵长在腿上，它是靠腿上的神经来倾听声音。蝉的耳朵是肚脐眼，它的听觉器官长在腹部。树叶中间的虫眼，肯定是外观吓人的毛毛虫吃的，着装朴素的毛毛虫都是顺着叶边吃，因为那个虫眼儿方便鸟儿找到毛毛虫。没有毒刺没有吓人的颜色，就没有张扬的资本，朴素的毛毛虫是低调的。

枫树的种子不都是往下落的，聪明的枫树知道在适当的时间向上放飞种子，那样种子就可以飞到几公里之外，而不仅仅是脚下百米之内。正如长大的孩子，父母总是竭尽所能送他们到更辽阔的天地中。远方有诗，远方有希望。

常常被西方的博物学家们打动，戴维是新增的一位。他立于方寸之大的森林一角，以独特的视角和心灵感悟来观察这个世界，时而是自己，时而是飞禽走兽，时而是花草树木。所谓坛城，一米见方，作者把整个世界都装进去了。

我想我也要在心中建一座坛城，走进去，森林就是自己的，走出来，整个世界阳光灿烂。

（本文写于 2019 年 7 月）

花间有美词

断断续续，终于读完了这本《花间集》，细腻透骨，温婉至美。挺好的一个集子，不知为何中学时代被告知是低俗的书。有了这样的标签，我自然是不会去买这本书的。幸运的是，有爱书的朋友送了我一本，而我又坚持读完了。没有错过此书，实在是件高兴的事，当浮一大白。

词都是小词，多是写儿女情长卿卿我我，鲜有写家国天下的，这也许就是低俗标签的由来。闺阁之内的情愫，也只能是花前月下。更何况，唐朝和五代时的词，大多游走在瓦肆酒坊里，能有如此情怀，装下如此多的柔情，也是可以点赞的。不过，五代十国那个时期确实是连年战乱民不聊生，但后蜀还是比较闲逸奢靡的，而集子中词的作者多在后蜀流连，这样的词风便能理解了。

书确是好书，装帧考究，手感极好。书中选放了一百多幅我国古代著名的花鸟仕女画，虽然时常画的内容和词意相去甚远，但也不影响我读书的心情。要知道，单是这些画，跑几十次博物馆和展厅也是不能看全的。

读词赏画，如此美事，还有什么可挑剔的呢？倘若再有一杯绿茶在手，顺着氤氲的水汽，是可以穿越到古代的。一袭青衫，一柄折扇，一叶扁舟，一抱琵琶，一江春水，一生逍遥……

（本文写于 2019 年 12 月）

读王尔德童话，悟李商隐无题

“我们都活在阴沟里，但仍有人仰望星空”，这是王尔德的名句，但我并不是因此而读他的作品，虽然他的童话《快乐王子》是早就熟悉的。

前一段时间，读了《蒋勋说唐诗》，蒋勋说对李商隐的诗作最好注解的是王尔德。关于王尔德我仅限于读过《快乐王子》，而对于李商隐，我是能背十几首他的诗的。一直认为李商隐是神秘的，难食人间烟火的，居然有王尔德的童话可作注解，于是就买来王尔德的童话集《夜莺与玫瑰》，希望能帮助我进一步读懂李商隐的诗。

童话集共有九篇童话，其中有一篇名叫《夜莺与玫瑰》，那凄美唯美的情怀，啼血相赠，至死不悔，别是一番惊心动魄。这，也许是最为接近李商隐的诗吧？但我是读不懂李商隐的诗的。他的诗，意象过于繁复玄幻，诗中的情感细腻绵长凄美。而王尔德的童话其实是成人的童话，是不适合孩子读的，美极而碎，不是孩子能接受的。渔人长长的叹息，夜莺最后命若游丝的歌声，小矮人哀哀哭泣和他的心破裂的声音，这相距千年的美丽与哀愁，义山先生能感知到吗？童话中的那个学生是你我的影子吗？还有谁在学做啼血唱歌的夜莺？我们曾否像渔人一样苦苦挣扎？深知身在情长在，赶不走的灵魂，割不掉的影子。

读罢王尔德的童话，我又翻开李商隐的诗集，在晚唐的凄风冷雨中，寻找义山先生孑孑独行的身影。

义山先生年幼丧父，佣书贩舂养家，玉阳山学道，染得半缕道骨仙风。年龄稍长时，他游学东都洛阳，受令狐楚赏识栽培，学习四六骈文，小有所成，然而屡试不中，终在令狐绹的助力下，第五次方才考中。奈何他娶了李党王茂元的女儿王晏媄，令狐绹加之以“背家恩”的骂名，从此被令狐一派的牛党抛弃，一生颠沛流离羁旅漂泊，只能为人幕府，终不得志。千载而下，不知义山先生当年择偶的标准是什么？受牛党荫萌而娶李党之女为妻，我想这份爱必定是超脱尘世，为爱而爱的。聚少离多的妻子去世后，李商隐没有再娶，孤老至死。锦瑟无端五十弦，一寸相思一寸灰。

如此人生，成诗还要什么题目呢？元好问曰：“诗家总爱西昆好，独恨无人作郑笺。”李商隐的诗，王尔德的童话是作不了注解的。

读蒋勋而读王尔德，再读李商隐，读一书而牵两书，实在惭愧，腹中空空。人生苦短，我当努力多读几本书，不负韶华。

（本文写于 2019 年 12 月）

听赵雷的歌，看窗外的春天

不经意间点开了一首叫作《画》的歌，前奏只是简单的几声吉他拨弦，随后低沉沙哑的男音在纯净的弦音之中出来："为寂寞的夜空画上一个月亮……"

原来他就是赵雷，就是那个唱《成都》的歌手，可是我连《成都》也没完整听过，而这首好听的《画》居然已经唱了十来年了。对于民谣，我从来都是个后知后觉者。记得第一次完整地听许巍的歌，也是在他火了十几年之后。

网络时代就是方便，在手机中把赵雷的歌都找出来，一遍遍地听，根本停不下来。家里不能大声放音乐，听着不过瘾，于是值班时便把蓝牙音箱带到办公室里（学生们没有到校，实验楼是空的）。听这样的民谣，需要足够的安静，需要足够大的音浪，需要被淹没的窒息的感觉。当周围的一切包括光线都消失的时候，有一种沧桑就会从心底升起。这沧桑里有太多的真挚和孤独，会让人沉默不语，会让人泪流满面。

一个人，要喝过多少酒，抽过多少烟，走过多少路，才能写出这样的歌？今天，在这栋空荡荡的实验楼里，有两个人在值班，一个是我，另一个是赵雷。

桌上的红茶，清亮如酒，一杯醇香的酒。而窗外，春天如歌。

（本文写于 2020 年 3 月）

春夜读书

想读《额尔古纳河右岸》很久了，当然也知道这本书是写一个游牧民族式微的忧伤。在这因疫情而愁闷的日子里，还是读点别的吧。选中了李娟的散文集《冬牧场》，本以为还是空灵温暖的李娟，谁料她却把阿勒泰哈萨克牧民的挣扎写得那么压抑、那么忧伤。

不想被一西一东两个女作家同时击打，便转身扎进故纸堆里，读起《论语》来。传统的中国读书人，小时候的第一本书就是《论语》，我这一大把年纪了来读，算是还上儿时欠的账吧。没曾想，越读越郁闷，所谓“三十学儒四十学道”，古人诚不欺我也。我已蹉跎了读儒的岁月，放下《论语》，还是去额尔古纳河边转转吧。

读完时，春夜正深，天狼星西下了，夜色中蛙声摇曳，如儿时的拨浪鼓。我跟着迟子建，向着额尔古纳河右岸走去。我们穿过了苍苍莽莽的大兴安岭，在如句号般的湖边坐下，看一只桦皮船划开平静的湖面。岸边，驯鹿们埋头于草丛中，盛开的杜鹃花如地毯般向天边的桦树林铺去。天蓝蓝的，蓝如眼前深深的湖水，深不见底。风中传来萨满的歌声忧郁苍凉，这忧郁苍凉也不能穿透这蓝蓝的天空。驯鹿们越走越远，叮叮当当的铃铛声像是被湖水浸湿了，一点点地听不见了。身后有松树轰然倒下。

若干年前的一个夏天，我曾到过额尔古纳河的河边。我们驱车穿过呼伦贝尔大草原，穿过白桦林，然后从室韦沿着额尔古纳河边的公路，自北向南，逆流而上。岸边是大片大片的油菜地和麦田，森林很遥远，远得看不见影子。而左岸，草地后面黑黑的满是树。我们没有去根河湿地，没有看到圈在围栏里的驯鹿。我怕我去了，就会掉进它们那清澈忧伤的眼睛里，再也回不来了……

（本文写于2020年3月）

读书日的买买买

世界读书日那天晚上，我突然发现了一本好书，便到网上书店闲逛。没曾想，书基本上全是五折，太便宜了。于是我赶紧下手，买了一堆书，才300来块钱，赚大了，做梦都会笑出声的。

王小波的书以前读过《白银时代》《黄金时代》，这次一下买了四本，是一个五折的套餐，便宜得让人走不动路。其实我原本只是想读那本《一只特立独行的猪》，不论是过去还是现在，抑或未来，猪，总是个好东西，何况又是只黑毛猪。

李娟的这两本书，我是犹豫了很久才出手的。今年读过了她的两本书，感觉非常好。阿勒泰说大也大，说小也小，她总是注视着这里，会不会有审美疲劳呢？但一想到她那些灵动的文字，和去年暑假亲身感受的壮美风景，加上五折的诱惑，便再买了两本。以她的文笔，美应该是不会疲劳的。

莫砺锋老师的这两本书，是纯属偶遇。近半年来，一直在看莫老师在南大上课的视频，深为其学识和魅力所折服。莫老师是唐诗研究的大家，写这种学术氛围相对不是那么浓厚的书定然是妙趣横生，既然遇见了，肯定是要买来一读的。将来要是有机会谋面，能请这位自称“栽培水稻堪称行家里手”的新中国第一位文学博士给我签个名，那就太开心了。

乔治·奥威尔的《1984》是久有盛名的，村上春树为了向此书致敬，专门写了本叫作《1Q84》的书。这样的书无论如何要买来装点下门面的。《动物农场》是乔治·奥威尔另一本比较有名的书，两本一起买，五折，相当于买一送一了，实在划算啊。

阿城是个老作家了，在偶然的阅读中得知，那个自视甚高的王朔居然对其仰慕得不得了。王朔的品位肯定错不了，且买一本随笔读读看。我以为要了解一个作家，读其随笔是很必要的。随笔是天马行空的，也更能看见作家的影子。小说嘛，鸿篇巨制，那么多角色，谁知道他把自己藏在哪里呢?

陀思妥耶夫斯基的《卡拉马佐夫兄弟》是上下集两本，我真是鼓足很大的勇气才买的。其他书都是五折，但这套书只打八折，还是厚厚的两大本，想想作者冗长繁复的文风，我真的怀疑我能否真正读完它们。但有书友不停地点赞这本书，让我颇为好奇，那感觉，不读此书，就跟国人没读过《平凡的世界》一样。俗气如我，即使是多花十几块钱，也要买来一读。

最后一本书是切特·雷莫的《给仰望者的天文朝圣之旅》，其实这本书才是我读书日晚上逛网上书店的真正目的。这是一本关于天文和宇宙方面的书。在这个外国人写的关于星空的科普书中，居然有瓦尔登湖、纳博科夫、雪莱、里尔克，还有陶渊明，都是我景仰和喜欢的，如此肯定是要买来一本读了。虽不是站在阴沟里，但星空总是要时时仰望的。遗憾的是，最急着想读的书却是预售，五月中旬才能发货。心急吃不了热豆腐，这话一点也不假。

买书一时爽，读书如抽丝。买买买，做剁手党，确实很过瘾。但买书不像是买衣服，新衣服往身上一套，就可以在阳光下展示美了。书是买来读的，不是买来显摆的。再难读的书，自己买回来了，含着泪也是要读掉的。没读的书放在书架上也刺眼，因为它天天在盯着你，像是在问，怎么还不读我，怎么还不读我？

好了，不写了，赶紧读书去，被美女盯着心里是美的，被书盯着，心里只有惶恐了。

（本文写于2020年5月）

人间风味是清欢

在头条上看新闻，看到了安徽老乡陈晓卿在《圆桌派》上聊吃的，聊得很带劲。这才想起，他离开央视单飞后的作品《风味人间》第一季我还没看过，而现在第二季又出来了。早就知道他的片子好评如潮，现在才想起来去看，实在是态度不够端正。不过，在疫情这段特殊的日子里去观看这个节目，也许能学点什么，家里的菜也实在是烧不出新花样来了。

在手机上观看视频很方便，于是，我们家的佐餐大片由北大南大老先生们的精品课程，改成了馋涎欲滴的美食片。别说，这个安徽老乡还真有两把刷子。画面大处高清唯美，小处精细至微，美食的香味都要透过屏幕溢出来了。就美食说美食，不用明星插科打诨，不用故事煽情流泪，菜肴间的那么一点点清欢正说明了这是人间的烟火，也许这就是真正的风味人间。

能免费看的只有第一集，再看就必须付费才行。一碗羊肉面的费用我还是舍得出的，直接充个会员，没有广告的聒噪，节目观看起来安静多了。

看着节目里的美味，嘴里口水横流，餐桌上的菜也觉得更香了些。惊羡之余，心里盘算着，美景固然重要，美味更是锦上添花，以后再出门，不仅要看美景，还要吃点美味才好。当然，自己动手丰衣足食才是硬道理，适时也要找找感觉练练手艺了。时代不同了，男女都一样，男人也得要“上得厅堂，下得厨房”。再说了，没有好吃的，怎么能拴住儿子的胃呢？万卷书又如何，未必能抵得上一筷爽口的菜肴。

视频中有一段说的是阿勒泰哈萨克族牧民的冬季牧场，恰好就是李娟在《冬牧场》中所写的地方。冰天雪地的牧场被陈晓卿的镜头拉近了，羊群马群，地窝子，炉火灼灼，马肉马肠香气四溢，好吃的库尔达克直逼眼睛。

其时，我正在读李娟的另一本书《我的阿勒泰》，文字和视频交织在一起，阿勒泰寒冷寂寞的冬天充满了脉脉的温情。这丝温情，也充满了我们热爱生活的心灵。

（本文写于2020年5月）

听德彪西的《月光》

听一首好听的钢琴曲，恰如烹制一道美味的菜肴，除了好的食材本身之外，油盐酱醋等佐料，煎炒熘炸等烹饪方式，也都是要有些讲究的。听德彪西的《月光》，便是如此。

当然是要在夜色中听。夜色不能太浅，太浅的夜色有太多白日的喧嚣，会割破旋律的静谧。夜色也不可以太深，过于浓稠的夜色，化不开琴键上的轻盈。最好是夜阑人初静，那时心扉轻开思绪正起。

当然要有月光。这月光不能是新月的光，新月过于纤弱，楚楚可怜，似有太多的忧愁。也不能是初升的月亮，那时的月光离地平线太近，月光远未皎洁，洒不下如水的清辉。

同听者不必太多，三两人就好。幽静是月光喜欢的氛围，人多了，会吓着月光的。躲躲藏藏的月光没了灵动，琴声就会苍白无力。

倾听的地点最好是在水边，有一片开阔的湖面，水汽氤氲。一

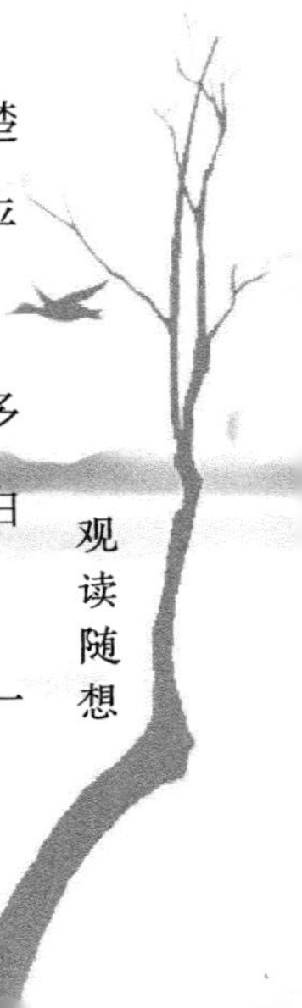

弯河水也行，河面要够宽，宽到对岸的树影婆娑。不敢期望大海，那太奢侈了。

要有点风，不必太大，能吹皱一池湖水，能泛起粼粼的波纹，就是恰好的力度。一粼波光就是一粒音符，风过波动，音符在水面上跳跃，令人沉醉。如果这风还能抚动岸边的柳丝，还能撩起谁的发梢，那波光上浮动的月光定会溢出来，打湿你，淹没你。

面朝湖水的倾听，椅子不是必需的，席地而坐就很好。如果有面斜坡，斜坡上长满了小草，躺在草地上，也是很好的姿势。当然，如果能有一叶用桨的小船，那种没有篷顶的小船，倾听的情境就会更加美好。桨儿轻摇，小船欸乃于水天之间，月光如洗，从空中洒下来，揉碎的琴声在水面上溅起点点的银光，曲中不知人在水，满船月光荡心河。

如果你只是孤单的一个人，如果你没有一个静寂怡人的夜晚，如果你等不到一轮皎洁的月亮，如果你那没有一泓湖水，甚至连一弯河水也没有，还没有风，如果你没有一叶小船，没有斜坡没有草地，那就请你闭上眼睛，德彪西会带你前往一个神秘的地方。那里，一轮明月高悬，月光皎洁纤巧，清晖冰凉如水，湖面波光粼粼，风轻云淡，晶莹剔透的音符和月光一起在湖面上静静地流淌。沉浸在这美好的旋律中，没有的都会拥有，失去的都将得到。

（本文写于2020年5月）

读一本诗意的天书

想读懂一本书，很难。要读懂切特·雷莫的《给仰望者的天文朝圣之旅》这本天书，更难。

书是世界读书日那天买的，一同下的单，唯独这本书是延后十来天才到货。拿书时，被大雨逮住了，淋个半湿，好在书完好无损。

书的确是本好书，说是天文科普，其实比散文还要散文，比诗歌还要诗歌。

按照译者的说法，作者文化素养极高，学识渊博已不足以说明作者的水平了。书的重点当然是讲天文，讲我们头顶上的星空，但作者旁征博引纵横捭阖，横跨东西方的各类知识都被拿来描绘星空。不必说与天文有关的科学家们，单就是书中涉及的作家和诗人就有梭罗、莎士比亚、雪莱、纳博科夫、里尔克、西尔维娅·普拉斯、艾米莉·狄金森、梅尔维尔、陶渊明等。除此之外，还有社会学家、神学家、哲学家、博物学家等。作者用神话、散文、诗歌等多种形式，用细腻生动的笔触，来描绘宇宙星空的宏大严谨，文笔优美细腻温婉，让人不忍释卷。

译者高爽的水平也很不凡，能把如此纷繁复杂又如散文诗一样的科普作品流畅地还原出来，没有足够的才情和毅力是根本做不到的。

书中引用了很多典故，外国人可能比较熟悉，但对大部分国人来说，就存在困难了。比如上帝笑七次这个典故，我翻遍了网络也没找到明确的出处。书中涉及的古希腊神话和圣经故事，虽读过，但毕竟是很久以前翻阅的，也没记住多少。特别是各路神仙的名字，文中多有引用，不查不清，边读边查，实在辛苦。

写天文的书，天文方面的知识当然有很多。好在我曾读过一本关于星空的书，也常常仰望星空，也认识几个星座，读起来不至于晕头转向。但再深点的天文知识，自己的储备就不够了，幸运的是"学习强国"平台上有门南京大学的视频课《天文探秘》，听听课再读读书，这朝圣之旅却也是丰富多彩其乐无穷的。

读罢掩卷，沉默良久。当我再次仰望星空，面对浩瀚的宇宙时，深深地感到地球和人类的渺小。相比之下，生活和工作上的那些烦恼实在是算不了什么，都可以抛在脑后。

天书虽难，只要认真去读，总是能读懂的。"久在樊笼里，复得返自然。"难读懂的天书，更是洗涤心灵的好书。

（本文写于2020年5月）

安坐虫子旁，身与世俱忘

烈日炎炎，骄阳似火，关上门窗，热浪和蝉鸣也能穿过缝隙挤进来，而蝉鸣是连梦都能闯入的。不过，我从不讨厌蝉鸣，每到春去秋来时节，还努力寻找着第一声和最后一声蝉鸣。在读完朱赢椿《虫子旁》之后，我知道我要寻找的不仅仅是那一声蝉鸣。

这是一本有趣而又有味的书，有文字有图片，写的都是在我们身边习以为常的小虫子，不是科普小品，也不是煽情文字，但合上书你会发现，你了解了很多关于虫子的知识，你也萌生很多无法言说的感慨。虫子的世界也似我们的世界，它们也同你我一样，在折腾在拼搏，在叹息在挣扎。

你知道蚂蚁也有腰吗？一根棍子破空而来，砸中了蚂蚁的腰，那只受伤的蚂蚁被同伴救回后，还好吗？对比蚂蚁的世界，这个棍子就像是撞击地球的行星，如果击中的是你我，那……

蚂蚁想吃蜗牛，蚂蚁想吃蝴蝶，蚂蚁想吃见到的一切。一只小蚂蚁也居然敢和蜈蚣打架，虫子的勇气有时难以想象。然而，再厉

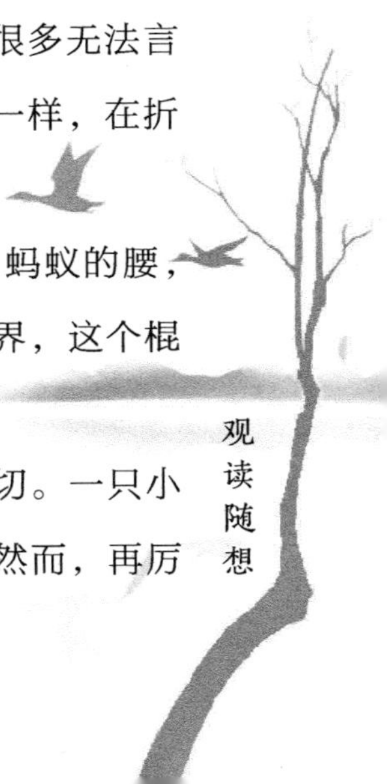

害的蚂蚁也无法抵抗一杯水的降临，但是在“洪水”来临之际，出逃还要叼着幼蚁一起走。这是多么伟大的亲情呀！可是一群蚂蚁居然趁火打劫摔倒的西瓜虫，人家只是摔个跤，蚂蚁们却直接把它抬上了餐桌。

如今难得一见的夏夜精灵萤火虫，居然是个肉食主义者，它们最喜欢吃的大餐是背着房子旅行的蜗牛。蜘蛛妈妈会不停地缝补着卵袋，不等到孩子们茁壮起来，决不放它们出袋。要知道，虫子的生活远比我们看到的要悲情得多，大部分的虫子未出生就成了孤儿，它们从来不知道父母身在何处，所有的生活都要独自面对。

橡春、叶甲、拉步甲、蛞蝓、珀蝽、蚁蛉、朱肩丽叩甲、鹿蛾……这么多神奇的名字，这么多精灵般的虫子生活在我们身边。作者俯身在这些虫子旁时，肯定没有想到我投过去的目光，是钦佩羡慕的，却又是羞愧的。

我也曾和虫子们朝夕相处过，那是温暖而美好的童年，那是群虫乱舞的童年。现在想来，对于虫子们而言，那相处也未免太过于血腥了。

夏天的早上，露水干了，便把新折的南瓜茎穿在竹竿梢上，裹了蜘蛛挣饭吃的网去粘知了。蜘蛛网要挑那种干干净净的，从不关心辛苦一夜织网的蜘蛛有没有吃过早饭，也不关心刚从黑暗里爬出来的蝉儿有没有看够光明的世界。

无数个夏日无聊的午后，用水甚至用热乎乎的尿去冲蚂蚁家的大门，看它们惊慌失措地逃跑，还常常挖开它们的“豪宅”，呼叫小鸡们过来品尝蚁卵。

斑衣蜡蝉我们习惯叫“花大姐”，但我从不关心它起飞振翅的美丽，只是喜欢捉了它去钓鱼钓青蛙。

天天和虫子待在一起，我觉得在虫子们的眼里，我就是一只虫子，只不过是一只害虫。即使是我这样的害虫，也有怕虫子的时候。

学名叫“刺蛾”的洋辣子是最让我害怕的虫子，无数次的红肿和疼痛让我明白，它们是我所不能惹的。

被我们叫作拃虫的尺蠖，也是不能惹的。小的拃虫令人烦，因为时不时地就从树上掉下一个来，直接掉进衣服里，软软的凉凉的。大的拃虫令人害怕，绿绿肥肥的身子有小手指那么粗，两三寸长。大人说不能让它在身上拃五步，拃五步魂就会丢掉的。“尺蠖之屈，以求信也”，当我无数次碰壁之后，才明白《易经》中这句话所包含的智慧。

我不知道我曾经戕害过多少只虫子，但我知道失去了虫子便失去了童真，失去了童年的无忧无虑。当我们历经沧桑之后坐下来，我们才会重新记起，在我们的周围，还有个虫子的世界。如果可以重新来过，我一定选择一个没有杀戮的童年，一个和虫子们和谐共处的童年。我想，那样的童年，虫子旁的童年，才是最美好的童年。

我再次把头埋进书里，我觉得我也是一只虫子，一只热爱生活的虫子，我不在乎头顶上的目光是轻视还是戏谑，抑或关注。

（本文写于2020年8月）

冬日河边有阳光

冬日里，倘若有阳光，河边背风的岸坡就是个很好的去处。如果手里再捧上一本可读的书，那便是神仙也羡慕的。

周日晨跑之后，跑到云露桥头“消灭”了一碗酒酿。酒足汤圆饱，到旁边的菜市场买菜，看到新出的荠菜，赶紧买了半斤，美滋滋地拎着回家了。阳光灿烂，我走在桥上，旁若无人地吹着口哨，曲子当然是《我们的生活充满阳光》。

河里的水又少了许多，露出了大片的河滩，小䴙䴘们不以为然，依旧欢快地游来游去，快活地如同桥上吹口哨的我。

天气预报本来说是有雨的，突然一下子天晴了，阳光这么好，这是老天爷额外的施舍，千万不能浪费了。到家放下菜，找了两片硬纸壳，夹了本书，就奔着河边去了。我要在河边读书晒太阳。

虽是初冬，但岸边的草地还犹带绿意，这绿意的主力军是那些不知疲倦的车轴草。本是在春天开花的宝盖草此时就偷偷地绿了起来，紫色的小花星星点点地开着，不低头仔细看，根本发现不了。

婆婆纳迫不及待地葱绿起来，嫩嫩的枝头微微地昂着，一副要随时开花的样子。慌慌张张的荠菜，倒三角形荚果四下支棱着，白色的小花快要开谢了。无忧无虑的白羊草摇动着欲分未分的花穗，那褐色的花穗使草坪的绿色暗淡了些，增加了些许冬意。

看着一地的阳光，真想直接坐到草地上，或者干脆就躺下去。但这难得的阳光，对小草们也是珍贵的，有福同享，我走向了步道边的椅子。椅子是铁制的，上面的一层露水还未干透，放上两层纸壳坐上去，感觉还是凉凉的。如果我的端坐能给它带来点温暖，岂不是件美好的事？

此刻从我所在的位置看过去，河道恰好有个弧形的弯，浅浅的河水直直地向北流去。我像是坐在一张弓的弓背上，那清亮亮的河水便是弦了。如果谁此时把这张弓拉起来，弦一松我就会飞进阳光里。

近处的河床上挤满了红蓼，蓼花穗如狗尾巴般沉甸甸地弯着。天不够冷，霜也不够重，蓼叶青绿得逼眼，像是在跟河边叶子早已落光的杨树炫耀，全然不管接下来就是二十四节气中的大雪了。

河床新露出大片的河滩，阳光下隐约有些绿意。一群喜鹊在河滩上蹦来跳去，叽叽喳喳地交谈着，不知道又发现了什么好吃的。

对面的河床有一大片巨石，石头很大，向下没入河滩中，不知根在何处，耸起来的部分约有四五米高，洪水来时，整块岩石没入水中，风来浪涌，隐隐有龙状。这就是滹河著名的“上龙爪”了。

目光再往上，在重重的高楼间，有座塔低调地耸立着。那是北塔公园里的北塔，据说是唐朝时建的，旧称“北门锥子”。这座俯视了小城千年的塔，曾经一直是这个城市的最高点，如今被周边的楼房挤压得喘不过气来，显得有些沧桑。人老了，个子会变矮。塔老了，个子也会变矮吗？

天空蓝蓝的，云彩淡淡的，阳光暖暖的，风儿轻轻的，都无视了我的疑问。

身后的岸坡上有几株法国梧桐，叶子落了很多，那些坚守的叶子或黄绿或枯褐，映照在蓝天上，很热闹的样子。稀疏的叶子中，挂满了一个个圆圆的球果。还没到春天，这些球果还是很可爱的，像一只只圆圆的眼睛。春天一来，这些眼睛就不可爱了，球果散开，无数的小坚果带着绒毛漫天飞舞，像是法国梧桐的泪水。自古多情伤离别，种子的告别是新的开始，这泪水也该是幸福的。

我手上的这本书是史铁生的《我与地坛》，是一本早就该读的书，但我敢肯定，中学时的我，甚至是大学时的我，也是读不出这文字里的深情的。此刻，初冬的阳光温柔地洒下来，我低着头，把自己埋进书里，埋进无边无际的文字中。

有书，有阳光，真好！

（本文写于2020年12月）

岁月如歌

裤子的故事

前段时间，有个周末我在合肥出席了一个会议，很荣幸被邀请上台，参与圆桌论坛。这一次，我的裤子很给力。

像我这般，在IT圈子折腾久了，登台做报告的机会也不少，每次基本都是西服衬衫阵势俨然。报告怎么样不好说，但穿着上是没落什么岔子的，对观众很尊重。

有一年的暑假在昆明理工大学开会，裤子就出了问题。会议主办方会前邀请我参加会议的圆桌论坛，心想，云南虽热，只要不穿短裤上台，就应该不算失礼。也没太在意，临行前随意往包里塞了一条长裤就出发了。开会前一天的晚上，睡前把裤子找出来试试。结果惨了，带来的是条旧裤子，胖瘦勉强凑合，但裤脚明显有点短——脚踝上有好大一截是外露的。同行的老师们调侃我，说是九分裤，很时尚。可惜我无法习惯。问了同来的老师们，都借不到长度合适的裤子，而那年的昆明呈贡还很荒凉，深夜里连路灯也是没有的。

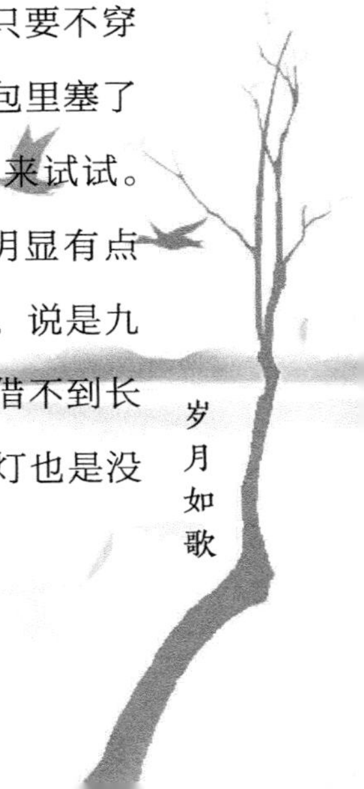

没办法，第二天只好穿上九分裤登台了。台上的沙发比较矮，坐下去，裤子就显得更短了，估计快成七分裤了。好在直播时，镜头主要是特写和上半身，不然就太尴尬了。但那个论坛的时间可真是长啊，主持人刘主编很认真很投入，拖堂拖得太久了，为何不能提前“下课”呢？也感谢刘主编的引导，论坛上碰撞出许多火花，我发言时还能忘记裤子的问题，但一放下话筒，裤子的烦恼就又冒出来了。那时，我才算真正明白 “如坐针毡”的意思。

好不容易熬到会议结束，到台下问问同行的老师，居然没有人觉得我的裤子有问题。原来是庸人自扰啊！但不管怎样，那次会议之后，着装问题我是再也不敢马虎了。九分裤的事故，也是个好事吧。

这一次上台，我穿的是常穿的牛仔裤，不用担心“九分”“七分”的问题，感觉说话底气都足了一些，总结发言时居然还现场赋诗一首。

裤子啊，长短要合适，不然不但赋不了诗，而且还容易出糗事。

（本文写于2018年12月）

今日冬至

今日冬至，但我从没想到这个冬至是如此悲伤。

昨天驱车从六安来芜湖，夜色渐浓时下了大桥。顺着九华山路一路向南，车至赭山路，五一广场的那个大圆盘早就不在了，回过头望了又望，当年那个小汽车站也杳无踪迹了。那一年，我就是从这儿开始四年求学生活的。

车过赭山公园大门，前面就是北京路了。车还未右拐，1号楼就扑入眼中。车一上北京路（原来是叫人民路的），我就看到了313寝室的灯光，亲切而熟悉。灯光里还住着一个忧郁的喜欢写诗的大男孩吗？

车从南大门进了校园，左拐再右转，顺着西操场，直接停到了生化楼前。推门下车，迎面就是教学楼，301教室的灯光穿过树丛照过来，明亮而温暖。曾经的那个让人感觉冰冷的生化楼，此刻看上去也是满眼的温热。

天空飘起了小雨，若有若无。校园里安静极了，少有人影。没

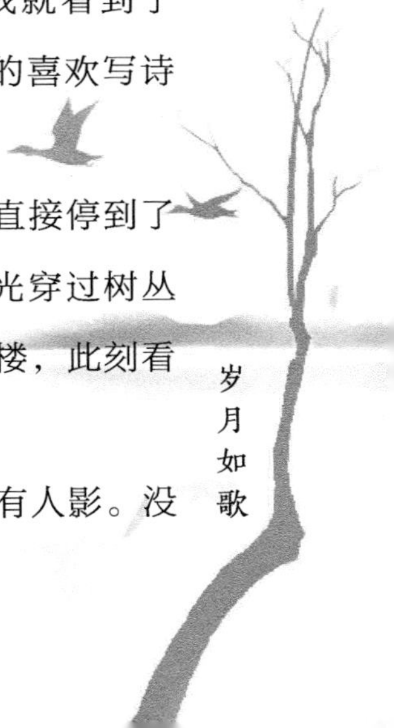

有走进熟悉的教室，转身向五四堂走去。五四堂就是当年毕业聚餐的地方，那时候好像叫教工餐厅。晚上，阿根同学在这里请我吃饭。

酒照例是要喝的，都说老田爱酒，怎能不上酒呢？阿根现在是老江湖了，酒量显然轻松超过老田。顺哥也不似以前那么腼腆，酒量虽不济，但举杯的姿势很正。小兵是赶场过来的，吃了头孢居然还想喝一杯，肯定是不被批准的，端杯水凑凑热闹吧。推杯换盏间，各种过往像放电影又一一重现，中间穿插着各自孩子成长的酸甜苦辣。酒宴是很容易散的，转眼又是告别。人生就是这样的走走停停，相见又分别。其实每一次的重逢，都是第一次相遇，我们且行且珍惜吧。

第二天早上五点多，老汪、我和几个学生就起床了。今天是冬至，我们到龙华公墓去送一个名叫雅倩的丫头。天阴冷着，浓浓的雨雾罩着青山。二十三岁的她，才走出校园，就倒下了。墓碑上的她，甜甜地笑着，仿佛刚刚下课回到网络中心。骨灰盒放下时，一声汽笛长长响起，一列火车在远处驶过，有此声做伴，想来爱热闹的雅倩丫头也不会寂寞吧。

今日冬至，我可以举杯畅饮，我可以谈笑风生，但其实我很不开心，无限悲伤……

（本文写于2018年12月）

一路菜香

儿子上了高三，我们便在中学门口租了房子，房子离校园不远，直线距离不足100米。租房的最大好处是，孩子每天能多睡上一会，晚饭也能回家吃。当然，我也不用每天接送，省下了不少时间和汽油，感觉这个冬天因此也少了点雾霾。

租住的这栋楼房有二十四层，我们住在十三层。一层四户，有原住户，但租房陪读的占大多数，而且还有不少是合租的。两部电梯，不紧不慢地晃着，像是楼下院子里不紧不慢走路的老太太。人多梯少梯慢，坐电梯成了大问题。

如今的高中学习抓得紧，老师对时间的管理要求严格，孩子们自然是严格执行的。大家上学放学的时间一致，坐电梯是需要“抢”的。抢电梯便是我的日常工作之一。孩子上学前，我必定要先去电梯间，根据孩子的进度看是否要按电梯。如果按了电梯，电梯到了而人未到，那是要跟电梯里的孩子们道歉的，毕竟这一按至少耽误了他们几十秒的时间。按了电梯，孩子能赶到，但是我不能和他一起出现在电梯里孩子们的视野中，显然他觉得这是丢面子的事。

梯慢人多，都像我这样抢的话，电梯就更慢了。常常孩子等不及，就步行下楼了。权当锻炼身体吧！高三的孩子，是没有多少时间运动的。

放学时，孩子们都是冲进电梯。慢了，赶上人多，至少要十几分钟才能挤上，住在高层的孩子真是爬不动啊。高三的孩子手中都有个小册子，没有同伴时，边等边看。如有同伴，那就是他们一天中最开心的时刻了。

我下班较迟，常常会赶上孩子们放学上电梯的高峰，不忍与孩子们争，自是慢慢爬楼梯了。十三层虽不太高，但依我的身体，到家也是气喘吁吁了。

爬楼梯虽辛苦，但也是有好处的。不单是不与孩子争电梯，也不单是锻炼了身体，要知道，从进入楼梯开始，每一级台阶都浸满了菜香，那是等待孩子们放学归来的菜香。爬楼梯的辛苦，都被这一路的菜香消散了。有这样的菜香做伴，真想就这样一直向上爬去。

（本文写于2018年12月）

今日有雪

元旦放假的第一天我值班，没有开车，扫了一辆哈罗单车骑向校园。校园里很安静，像是所有的吵闹都让冷风卷走了，只留下那些楼和树沉默不语。师陶亭边有一株高大的雪松，凛冽的寒气中昂然独立。

实验楼的楼道黑暗而安静，楼上楼下跑了一通后，我钻进了办公室。也许，这是2018年最后一次待在办公室里了，打量一下这个陪伴我一年多的房间，忽然想把布局动动。说干就干，桌子柜子重了，一个人搬不动，就腾空了东西，一点点挪。楼上楼下的实验室今天全是空的，一点儿也不怕吵。折腾好了，一杯红茶在手，透过袅袅的茶雾，环视四周，很有新年的感觉。如果有一幅字挂在对面墙上，那就更完美了。

临走前，照例又是一通检查，确认无问题，在值班日志上签了字离开。

走出楼来，居然下雪了。干干的小小的雪花，落在脸上，很温暖。于是，决定步行回去，尽情享受这飘雪之美。

修剪过的桃树林，整整齐齐地列在校园一角，雪落下来，砸不出一点声音。树下衰草枯黄，一片一片的婆婆纳和卷耳，还有独行菜，绿绿地软软地伸着叶子，安静无语。春天还那么远，它们就迫不及待地先来了，像是那些在图书馆开馆前抢座位的同学，挤挤的，但十分安静。冬天的樱花树干上，出现了许多橘红的花纹，仿佛孩子们的红唇，又像是樱花的眼睛。这些眼睛，在看着你，也在看着我。雪花飘过，樱花的眼睛一眨也不眨。

雪不大，云露桥头的火棘依旧灰蒙蒙地绿着，红红的火棘果藏在繁密的树枝下面，要低下头才能看到这些红晶晶的精灵。路的一边，腊梅的叶子黄中透绿，像是黄色的水彩里洒进了几滴绿色，洇湿了，浅浅地散开了。咦，怎么有花开了啊？走近一看，腊梅枝上，满满的都是花骨朵儿。有几朵悄悄地展开了花瓣，黄色的花儿发出亮亮的光，落在眼里，暖暖的，香香的。

桥上的风大了点，雪花更密了，人行道上有了一层薄薄的积雪，我小心翼翼地走着，担心滑倒。河面上，水波密密地排着队，向前涌去。五六只小䴙䴘在水面上快活地游着，一会儿潜入水中，一会儿又钻出水面，全然不顾呼呼的风儿和飘落的雪花，仿佛这世界只有它们一样。

过了桥，红绿灯数字欢快地跳着，路边的那几株喜树，叶子落光了，小小的球果在风中轻轻地摇动着。路对面新栽的法国梧桐还没挂果，有几片黄黄的树叶在枝头挂着，像是在陪伴喜树枝头的果实。一个小伙子脚踩滑板，在我眼前划了道优美的弧线。单薄的卫衣罩在身上，看不清面容，我相信那定然是一张灿烂的面孔。

穿过热热闹闹的街道，进入地下商场，一股热浪扑面而来，真暖和。商场通道里来来往往的有很多人。两边店铺里的售货员打扮得像花儿一样，用春天的笑容打量着过往的行人。三五一群的少男少女，青春地敞着外衣，手上或零食或奶茶，叽叽喳喳地谈笑着。小屁孩们像雪球一样滚来滚去，后面跟着大人们一阵又一阵急促的叫喊声。手机一族，边走边盯着手机屏幕，急匆匆地穿行着，他们的头顶仿佛有双眼睛，就那么低头穿行，却没见他们撞到人。迎面一群孩子，初中生的样子，呼啸而过，留下一串串开心的笑声。

回到街面上，雪更大了，路边石楠的叶子上，都落有厚厚的一层了。路面很干净，除了雪，什么也没有。抬起头，太阳斜斜地挂在天上。

（本文写于 2019 年 1 月）

写春联

过年写春联，是一年一度的盛事。我家这件盛事，十来年前就由儿子承包了。他没出生时，我当年也是这么做的。写春联，与字的好坏无关，关键是自力更生。

我第一次写春联，大约是十一二岁。这么多年过去了，我还记得当年父亲让我写春联的情形。那是小年后的一天中午，父亲回到家，一脸郁闷，胳膊下夹着一卷红纸，而不是往年写好的春联。原来年年请家族的一个长辈写春联，今年却被人家拒绝了，说是太忙，没时间。我猜想，估计是固执的父亲在某件事情上得罪了他，应该不是润笔费的问题。不识字的父亲问我能不能写，我说写可以，就是写得不好看。父亲说是个字就行。从那时起，我家的春联一直都是我写。

父亲对春联的要求很简单，不能是八个字。因为是自己写，春联的数量也就增多了，家里所有的门窗上都要有。门上春联包括门堂、门边、横批和“福”字，大门上是三个“福”字，独扇门上是一个“福”字，窗户是一个横批加一个“福”字。春联的内容有几个地方是年年固定的，灶台的烟囱上要写“水火平安”，稻圈上要写“五谷丰登”，猪圈上要写“六畜兴旺”。春联的内容主要从报纸和书上找，凑不够时我就跑到街上记下别人家门上写的。像“瑞雪兆丰年，红梅迎新春”基本上我年年都写，张贴时换个门。

依稀记得“高四”那年春节，我直接在我的书房门上写下“穷且益坚，不坠青云之志”，这哪里是什么春联？分明是励志宣言。那年夏天，在一场滔天的洪水之后，我去上大学了。

工作后，居无定所，有一段时间是多人合居，过年时大家各自回家，对单位的房子是没有贴春联概念的。若干年后，结婚了，有了自己的家，春联是必须要贴了。当然还是不买成品，必须是自己写，哪怕只是一个“福”字。

那一年，儿子上小学四年级，当时他已学了一年多书法。过年前，跟他说了我当年写春联的故事，儿子欣然领命，从那时起，写春联的任务就交给儿子了。但写春联容易，买空白春联纸难，每年都煞费苦心。到处都是印刷品春联，哪来的空白春联纸呢？年味在写春联上就被减淡了。有那么几年，我年年在街上和卖现写春联的人商量，甚至出高价买了空白的春联纸回来。感谢淘宝，现在可直接从网上下单，纸质上乘，还是裁好的。笔和墨也可一起购买，这下可以闻到真正的墨香了。

开始几年，春联的内容是由我选定，儿子来写。现在呢，内容是我和儿子一起选几个出来，用哪个由他定。今年我选的“苦读待高考，努力叙华章”，儿子定稿时改为“苦读战高考，努力叙华章”。一字之别，尽显雄心。这个年，我可以开开心心地过了。

（本文写于 2019 年 2 月）

立夏小想

夏天，其实早就来了。她早早地藏在春天的嫩芽下，看着春天的叶子由鹅黄变成晶绿，看着春天的花儿一天比一天少，叶子的绿色一天比一天浓。然后，夏天这才把自己的脚一点点地伸出来。春从花上去，留春春不驻，从今日寅时开始，今年的夏天就正式登场了。

这个夏天刚一亮相，就很不和谐。一改昨日的蓝天白云，温度降了七八度不说，还刮起了大风，整个天地都灰蒙蒙的，一副拒人千里的样子。

这时节，槐花的香已经散了，汪曾祺的栀子花还是花骨朵儿，离痛痛快快地香，还很遥远。丰子恺的荷叶才只有碗口大，做帽子定然是不行的。柳花如雪，漫天飞舞，可是看不到捉柳花的儿童了。杨万里的梅子还是涩涩的，入不了口，酸不了牙，更谈不上喝一口梁实秋的酸梅汤了。夏天的精灵——法布尔的蝉，此时正在地下打着起床的哈欠，属于蝉的节目还在候场中。不过这时节，蛙鸣如鼓，夜深听来，夏天的味道十足。但辛弃疾的秧苗还未插下去，稻花香还只能飘在稼轩的半阕词中。淠河的水碧蓝如洗，夏服已成，童子舞雩正当时，可惜童子们都在教室里背“子在川上曰”。

在这个初夏的日子，我坐在窗前，细念着夏日的各种样子。虽没有虫声穿窗而来，但朋友圈里处处是“红了樱桃，绿了芭蕉”。所谓“芳菲歇去何须恨，夏木阴阴正可人”，季节更迭，光阴轮转，美好一直在路上。

（本文写于 2019 年 5 月）

人生难过是小满

日子一晃就是农历四月中了。暑气升起，小满到了。今年，小满是最难熬的节气。小满一过，就是高考了。

这季节，麦粒灌浆，开始饱满起来了。成熟在望，丰收可期，心里充满了金黄的美好。然而，如果连日不雨，旱上十来天，那正欲饱满的麦粒定然是要瘪的。雨多了也不行，麦秸这时还未收黄，正当脆弱之时，雨急风大，麦子一倒，麦浪就波澜不兴了。这时的麦子，说不得，捧不得，像极了要高考的儿子。而我就是那个坐在田埂上的老农，眉头紧锁，一心想着风调雨顺，而自己却又无能为力。

于我而言，人到中年，将知天命，早已不奢求什么辉煌灿烂，小满就很知足了。但对于孩子，他正在灌浆的阶段，得饱饱满满的才行啊。小满何以长成大树？小满何以至千里？小满何来诗和远方？

这几天，华为事件闹得沸沸扬扬。你看，强大的华为也在风雨中飘摇。小满怎么行呢？小满，有可能会被扼杀在灌浆的紧要关头；小满，有可能就没有麦浪滚滚的丰收。人生当如麦粒，不可小满。

（本文写于 2019 年 5 月）

儿童节随想

日子是不用数的，五月如麦，转眼就黄了。六一也到了，朋友圈里满是孩子的身影。五颜六色的活动，染红了孩子们的脸庞，点亮了娃娃们的笑声。没有了作业，大人们也跟着开心起来。真是一个快乐的节日！

关于我的六一，印象已经很模糊了。偶尔有一两点童年的记忆，正如鬓角那欲白的头发，隐隐作星星状，随着年龄的增长欲加明亮起来。

我是小学二年级才戴上红领巾的。一年级推选时，我干了件“我选我”的事，结果被老师否决了。二年级戴上红领巾时，很激动，老远地跑到老爸老妈干活的田边给他们看。“少年心事当拏云”，这是李贺的童年。我的童年心事很简单，一方红领巾就能染亮。多年以后，我戴着红领巾在塘埂上奔跑的情景还依然能清晰地浮现在眼前。

那时乡下的六一很安静，安静得已经记不清过六一儿童节是不是放假这事。能记清的是，麦子油菜收割时，学校会放忙假，会过上几天没日没夜的日子。“童孙未解供耕织，也傍桑阴学种瓜”，范成大的童年还停留在游戏中，我的童年是要下田里干活的。不仅要帮忙收割，还要用小扁担挑。最远的田离自家的稻场有三四里路，挑麦秸时还好，累了可放下担子歇歇。挑油菜秸就辛苦多了，途中担子不能落地，一落地油菜荚就爆了，菜籽就会跑掉。我那时个子很矮，小学毕业时才1米2左右，又瘦又小，挑担子那吃力的样子，常常被邻居们嘲笑。担子不能放，汗水顺着小脸滚下，那一刻才真正理解了什么是“汗滴禾下土”。收了麦子，最开心的事是能吃上新面做的馒头。或溜在铁锅边，或蒸在饭头上，锅盖一揭，香气扑鼻。现在说来，还依然是满嘴的口水。

“儿童散学归来早，忙趁东风放纸鸢”，这是高鼎的童年。我那时散学后放的是大白鹅，比纸鸢要大多了。放了学，扛着一根细细的长竹竿，带上小板凳，雄赳赳地就出发了。收麦子时节，鹅还小，白毛未成，红掌初具，吃得不多，塘埂和田埂上的青草就够饱了。带小板凳，那是要边放鹅边做作业的。不是学习认真，而是煤油灯太费油了。那时候早晨上课没如今这么早，天蒙蒙亮，睡眼惺忪地就去放鹅。鹅吃饱后赶回家，自己再吃早饭上学。有时起迟了，鹅来不及吃饱，我就得到处拔青草喂鹅，实在来不及了，也干过让鹅偷吃点邻居家秧苗菜叶的事。鹅没吃饱，我是要挨老爸老妈批评的，上学再迟到了，还得被老师罚站。慌慌张张的童年，就这样一晃就没了。

光阴荏苒，年近半百。看着外面嬉戏打闹的孩子，我觉得我也还是个孩子，一个长皱了的孩子。此心未与年俱老，两鬓微霜存童真。儿童节到了，你们快乐，我们也快乐。

（本文写于2019年6月）

陪考记

高考真是个特殊的经历。我以为，人生至少要参加一次高考，再陪伴一次高考，这样的人生才算没有缺憾。我有点超标，参加过两次高考，高四时才考取大学，现在正陪儿子高考，圆满的句号快要画齐了。

未曾想，陪考比自己参加高考还要煎熬。辛辛苦苦地浇灌了这么多年的苗儿，终于要开花结果了。会开出什么样的花结出什么样的果子呢？心底里，一个声音说，自然是果子愈大愈好；另一个声音说，平时只能挑一百斤的担子，是不可能突然间挑起二百斤的。明白归明白，但还是免不了有一丝痴想。就这样数着念着，日子一天天熬过去了。

考试临近了，天气也渐渐热了起来。租住的房子里没装空调，房间有些燥热。待在房间里，不能听音乐，也不能大声说话，更不能来回走动，得小心翼翼地做着一切。好在有书可看，看累了，就在手机上写。陪读这一年，我练就了在手机上写大段文字的本领，书桌和纸笔离我又远了些。

高考倒计时进入个位数时，心里的焦灼又厚了一层。手边的书，已经不大读得进去了，常常是读着读着，就不知心在何处了。心虽不能平静，但脸上还是云淡风轻的样子。吃饭时，尽量找一些轻松有趣的话题和儿子聊聊，放松自己，也放松孩子，也许他的内心比我还要紧张。

幸运的是，考场分在本校，就在我们租住的房子旁边。省去了接送的奔波，不免窃喜一番。学校又格外关照，虽然停课了，但住在附近的孩子还可以到学校上自习，真乃是天时地利人和也。

紧张着，紧张着，六月七日到了。吃罢早饭，守着阳台，看到校园里有监考教师走动时，我和儿子下了楼。考试期间学校只开放南门，算不上远，骑上电动车，几分钟就到了。校门口挤满了孩子和陪考的家长，本不开阔的门前广场到处都是做广告宣传的商家，叫喊声此起彼伏，非常嘈杂。

儿子和我道了别，挤过人群，大步向校门口走去。我举起手机，拍了张儿子的背影，再想拍时，他已消失在人群中。人生如逆旅，我亦是行人。在人生的道路上，高考只是一站，将来还有许许多多的驿站。我们要不停地进驻停留，继而前行。路漫漫其修远兮，吾将上下而求索。儿子，开心就好。

（本文写于 2019 年 6 月）

仰望武汉的星空

这两年，除了腿受伤之外，就没有生过病。未曾想来武汉学习几天，倒是病了一次。听课时鼻涕直流，止不住地想咳嗽，实在受不了了，便买来阿莫西林吃下。烧了一晚，出了一通汗，头依然昏昏沉沉，但病情略有好转。

轻伤不下火线，每日的晨跑还是要坚持的。宾馆旁边是武汉电力职业学院，操场很干净，塑胶跑道，每天清晨的跑步就在这里进行。球场是真正的草地，绿草如茵，清晨的阳光照过来时，绿中泛金，格外惹眼。围着操场的高大树木，看上去有些年头了，浓郁的树冠中，不时飘出婉转的鸟鸣。在这样的环境中跑步，真是一种享受。

到了夜晚，还是这个操场，跑道上运动的人比清晨还要多些，但还是一样安静。凉风习习，周围楼房的灯光淡淡的，城市的喧嚣好像远了很多。习惯性地抬头仰望星空，没想到真的有星星。这时节，火星木星当然是挂在天上的，没想到在月亮岛上很难看全的

“夏夜大三角”，在这里是如此清晰地印在夜空中。织女一、河鼓二、天津四，我在操场上绕着圈儿仰望它们。虽然看不见银河，但能同时看到织女星和牛郎星，确是大武汉的夜晚给我的惊喜。

这样的星空自然是能看见那颗火红的“心宿二”的，古人称之为大火星，此时还未西垂。成语七月流火中的“火”，说的就是它了，但七月流火不是表示炎热，而是指天气开始转凉。昨天那个周老师的课满堂精彩，可惜最后的祝愿错用了“七月流火”。

转了几圈，汗水顺着脸颊往下落时，便收步回宾馆。行至门口，那株大果泡桐伸出蒲扇般的叶子，对我轻轻地摇了几下，一阵凉风没顶而至，沁人心脾。

（本文写于 2019 年 7 月）

夏日晨跑

谁道人生无再少？取出腿上的钢板一年后，我就开始早起跑步了。说是跑步，其实距离也就3公里多点，强度不大，出点汗而已。从七月初开始，未曾想居然坚持下来了，武汉培训期间生病发烧也没停下来。不是意志坚强，而是人之将衰，做点自我拯救罢了。

早起跑步，除了大汗淋漓、身心舒畅之外，还有很多不期而遇的乐趣。

新鲜的太阳自是常见的。夏天清晨的阳光，凉凉的，犹犹豫豫地晒在身上，像是婴儿的小手轻拂脸颊，真是别样的享受。

路边的花儿草儿，脖子上挂满了大大小小的珍珠项链，晶莹剔透，晨风中格外精致。蓝盈盈的喇叭花从草丛里探出头来，嘀嘀嗒嗒地开着，好像是在迎接朝阳的升起。微风吹过，花儿摇了起来，似乎是在点评气喘吁吁的老田。草地上的马唐和莎草，像是能掐会算一样，在割草机光临的前几天，开花结籽。割过的草地，草香浓烈，颇似收割后的稻茬香，只是这味儿夹杂些苦涩。成群的麻雀在草地上叽叽喳喳地聊天、觅食，这草地分明就是它们聚会的餐桌。

路边常常落有很多合欢花，一朵一朵粉红的绒花落在地上，像是贪睡的小仙女。每每遇见，我都是绕行，不忍踏上去，怕扰了它们的清梦。

当然，遇到更多的还是晨练的人。统一着装，扛着大旗，喊着号子，列队前进的健步队是环岛路上的一景。然而，劣质的喇叭放着走调的曲子，实在是这清晨里最别扭的。美好的是常常会遇到一位开电瓶三轮车的老人。他的三轮车上有个大音箱，播放着或老或新的流行歌曲，惯常是一只手扶着车把，另一只手握着个麦克风，斜坐驾驶位，在环岛路上呼啸而过。晨风里远远地传来老人的歌声，“我家住在黄土高坡……”满头白发，声音苍哑，这定是个有故事的老人。

在这样美好的清晨，步跑起来，汗水流出来，和小草们打个招呼，和朝阳握个手，看风过河面波光如银，听喜鹊在树梢上喳喳唱歌。正所谓“人间有味是清欢”，何必在意有没有故事呢。

（本文写于 2019 年 7 月）

中秋随想

已经是中秋了，岛上的夏天依然浓稠不化，秋味只在几片早落的树叶上有点影子。而四十里外的老家，秋色已然泛起金黄。走在熟悉而陌生的田埂上，更能明白自己的岁月也是中秋了。近乡情怯，是怯回不去的过往，还是怯前行的未来呢？一阵风过，白杨哗哗作响，而稻穗低着头，默然无语。

我家所在的村庄叫壕沟庄，儿时住有十几户近百口人。村庄呈正方形，西高东低，四面环水，南北各有一个约两米宽的坝子通向庄外。两个水塘恰似方括号，拢住了一庄人家。西边的水塘叫上壕沟，东边的水塘叫下壕沟。上壕沟窄，水清，是吃水塘。每家都用青石条或木板，在塘边搭了个埠口，淘米洗菜洗衣服。下壕沟较宽，水浊，是鹅鸭水牛们的大本营，也是男孩子们的洗澡塘。

我最初是不会游泳的，有几次在水边玩，差点被淹死。夏天放鹅，遇到鹅儿在下壕沟里待着不回家，我常常扛着个长长的大竹竿，在塘边赶。塘宽个子矮，时不时就走到水深的地方，喝上几口水。久之，某一天居然发现自己能和竹竿一起浮在水面上了，再后来，离了竹竿也可以浮起来了，那高兴劲就别提了。乡下的孩子一旦学会了游泳，就开启了“水陆两栖”模式。那样的童年，才算得上是真正快乐的岁月。

村庄中间还有四眼小池塘，两两相连，像是两个“8”字。夏秋季节，塘面上挤满了肥猪菜（学名大薸），水绿绿的，绳子中间一隔，一家一片。肥猪菜一长起来，就不用打猪草了。池塘边有几棵粗大的红柳，树干斜伸在水面上，夏天的中午常有许多乌龟爬上树干晒太阳。无数个中午，顶着烈日，拿着网埋伏在草丛中，希望能网住一个，可惜从来没有成功过。好在塘里乌龟多，洗澡时都能踩到。捉到的乌龟是从来不吃的，都是在龟盖上刻上自己的名字，然后放生。如果此刻我能和当年被放生的乌龟们在这田埂上相遇，这些能活万年的乌龟应该还是个顽皮的少年呢。

可惜的是四眼小塘早就被淤泥填平了，整个村庄现在只有我父母和堂叔两家了。曾经挤挤挨挨的土墙草房全都没有了，空出的地方和四眼小塘一起，被平整成了村民广场。被填平的还有村庄南侧的水面，儿时的村民广场——南北两个坝子，也一并消失了。上壕沟被填了一大半，只剩西边和北边各留一片很小的水面。西边的小塘成了死水，塘边垃圾成堆，估计要不了多久也会被填平的。下壕沟的水面保留了村庄东边一侧，整修后的塘埂上铺了地砖。塘和村民广场之间，几棵栾树、石楠一类的绿化树寂寞地站着，瘦弱单薄，想来是很不适应乡下的粗犷。人工草坪早已是乡下杂草的天下了，此刻狼尾巴草正开着花，紫色的长毛在阳光下恣意地闪着光。

今年大旱，塘里的水很少。塘边浅水处有许多大大的河蚌，捡了点，准备晚餐加个美味。而这河蚌，儿时是用来喂鸭子的，何曾上过饭桌？母亲虽是不解，但还是帮我把蚌收拾干净了。

塘边是稻田，稻子一身黄灿灿的衣服，低着头，似是想着丰收的心事，全然不管我深情的注视。几块收割过的稻田里，二茬青们开始探头探脑了，偷偷地打量着田埂上深一脚浅一脚的我。我像儿时一样，弯腰抽穗，然后含在嘴里，寻找青茬里的一丝甜味。然而，我知道，那一丝甜味是再也找不到了……

天空中，一声雁叫划过，我没有抬头寻找。我在想，这是来自北方的大雁吗？

（本文写于2019年9月）

那些红歌

盼望着，盼望着，国庆节到了，今年更比往年有所期待，因为第一次远离家乡上学的儿子放假回来了。望着从机场出口走出来的儿子，果然黑多了，也更瘦了，看来军训还是有效果的。看到我们，儿子的笑容还是那么灿烂。

夜色中驱车回家，路上闲聊着学校里的种种趣事，笑声一路飞扬。这感觉比用微信和电话交流好多了，再好的通信手段也比不上面对面的互动。忽然间，儿子用口哨吹起了《我和我的祖国》，旋律完整，吹得还挺好听的。不曾记得他接触过这首歌，以前我车上偶尔播放下这类风格的歌，还颇受指责。好奇一问，儿子说军训时唱红歌，唱着唱着，就喜欢上了，用心一听，红歌原来真的很好听啊。儿子喜欢红歌我自然高兴，因为我更喜欢啊。

在我很小的时候，家家户户都是通了广播的，简单的一个硬纸盒，中间一个扬声器。而村外，每隔一段距离，电线杆上就有个大喇叭。广播时常是有歌曲播放的，《南泥湾》《珊瑚颂》《红梅赞》

《延水谣》等。那时虽然不懂歌词的意思，还把“延水”误以为“盐水”，但这并没有影响我对这些歌曲的热爱。我就是在这些歌声中长大的。后来喇叭没有了，广播也没有了，我的歌曲也没有了。

我记得是小学三四年级，语文老师请假回家插秧，星期天给我们补课。课补完了，外面雨正大，时间也还早，老师说：“我教你们唱首歌吧。”我记得，那首歌的名字叫《我们的生活充满阳光》。直到今天，这首歌还是我喜欢唱的一首歌。我还记得，当时的课桌是老师带领我们用土坯、麻秸、稻草和塘泥搭建的。

再后来，上了初中，姥爷送了我一台收音机，于是我的歌曲又回来了。那台收音机一直陪伴我到高中毕业，教会了我很多歌曲，但我最爱的依然是那些红色歌曲。

等到儿子开始上学时，歌曲的味儿就完全变了。那些在我听来不知所云的歌曲，他却听得很是陶醉。我倒不是老古董，但很不理解那些民族音乐他们为什么那么排斥呢？现在的中小学当然是有音乐课的，但是常常被边缘化。然而放学后，家长们却又争相把孩子送去学钢琴学吉他。我也让儿子学了二胡，可惜上了中学之后他就再也没有碰过二胡，连二胡曲也拒绝听。望着沉睡的二胡，我几次想试着拿起来去学，最终还是放下了。等到退休吧，现在我听听歌曲就很好了。

儿子国庆放假前和我说，要我把家里的电视准备好，说他回来要看国庆阅兵。这个国庆节，和儿子一起看阅兵、听红歌，很快乐。

（本文写于2019年10月）

步履不停

生活在水边是件幸福的事，倘若这水是浩浩荡荡的长江，那这幸福便能再加十分。出差芜湖，回到这座我曾生活了四年的城市，比之淠河边的小确幸，这里确实是更能触动我心底的。会务组真是有心，会议住宿的酒店安排在江边，咫尺就是中江塔。

傍晚夕阳西下，漫步塔下，江水浩荡，半江瑟瑟，涛声低诉，江船如织，千载而下，逝者如斯。

中江塔是明朝万历年间始建，立在青弋江的入江口，恰是长江北上的转折点，此段长江是古人所理解的长江中段，故名中江塔。当年，它主要的功能是灯塔，为江上往来船只指路。那年，李白离开桃花潭，作别踏歌的汪伦，一叶扁舟沿着青弋江顺流而下，和诗仙在此对视的塔又叫什么塔呢？华灯初上，灯光打在塔上，金黄金黄的，夜空低处，新月如钩。

二十多年前的某个夜晚，一群初出家门的少年夜游中江塔，那时的中江塔附近没有高楼大厦。他们坐在黑洞洞的江边，听江风摇动塔檐上风铃的轻吟，听轮船汽笛穿过厚重夜色的长长呜咽，看宽阔江面上的渔火点点。而今晚，这么久的徘徊都未能听到一声轮船汽笛和半星风铃，心中颇是失落。而那时悠长的汽笛声，夜间在教学楼的楼顶上是可以听到的。多少个夜晚，我站在教学楼楼顶上静静地倾听。江还是那条江，当年的少年已不再是少年了。

清晨，太阳还未露脸，西边的天空微明，我在湿润如玉的江风中晨跑。

从中江塔沿着滨江公园边的马路，一直跑到芜湖大剧院。大剧院外面是个大平台，正对着北京路。上得平台来，发现有三个少年正对着北京路叽叽喳喳地聊着什么。虽相离很久，但多少还能听懂点芜湖话，原来他们是在这里等待日出。我轻轻地在他们身后跑过，也向东边望去，北京路尽头的天空——那是太阳升起的地方。

穿过大剧院，顺着江边的平台往回跑，路上开始有三三两两晨练的人。太阳还没有出来，天空中的云有微微的亮色，江面上船儿依然沉默地流动着。跑过游船码头，听到几声棒槌声，有人在江边洗衣。软软的芜湖话，嘭嘭的棒槌声，哗哗的江水声，这江里流的不仅仅是水，还有生活。

跑回中江塔时，青弋江上的东边天空已经微红了。这微红的光轻轻笼罩着塔，感觉塔一下子挺拔了许多。此刻，那三个少年的脸庞上也应该有着微红的光，太阳就要升起了。

江城芜湖的清晨幸福而美好。

（本文写于 2019 年 11 月）

看　戏

晚上有高雅艺术进校园的活动，下班后胡乱地扒了几口饭，就奔演播厅去了。学校的演播厅太小，担心去迟了没有好位子。

来演出的，是安庆师范大学的大学生黄梅戏艺术团。黄梅戏是安徽的地方戏，与京剧相比，略显土气。也正是这土气，才接地气，更有活力。安庆师大有眼光有魄力，专门设立了黄梅戏学院。唱戏不比唱歌，咿咿呀呀的，现在的学生喜欢听戏的本就不多，选择唱戏作为专业，就更需要热爱和勇气了。

农村里长大的我，看戏是小时候最奢侈的文化享受。戏一般是在正月里才有，那时节，春耕未开始，正是农闲时。邻村有户人家有个大院子，方正的布局正适合摆戏台，每到正月便请来戏班子，正月初六后开唱。看戏是需要买票的，好在有亲戚家就住在戏院的隔壁，每次都可以不用买票。于是我便常常去享受这饕餮盛宴了。

我们村里也曾唱过戏。戏台是露天的，不卖票。戏场是冬日里刚清了底的干涸池塘，塘边的稻场正好做戏台。稻场边立几根竹竿，拉上布幔，锣鼓一响，戏就可以开唱了。每逢这样的日子，我都是早早地就扛上板凳，在前面抢位子。那时的我，哪里听得懂戏呢？只是喜欢看那花花绿绿的戏服和变化多样的妆容。和小伙伴们根据戏服和妆容猜好人坏人，有人叫“好”时，也跟着喊上两嗓子，全不管刺骨的寒风把手脚吹得冰凉。不过，我最羡慕的还是舞台边的乐师们，一把胡琴、两块檀板、一架锣鼓，整个戏就活了。

现在回想起来，那时唱的应该是庐剧，皖西的地方戏。常演的剧目是《梁山伯与祝英台》，其中最经典的一段是十八相送。听得多了，我自己都会唱了：“三载同窗情似海，山伯难舍祝英台，相依相伴送下山，又向钱塘道上来……”直到现在，我仍固执地认为这一段是所有戏曲中最好听的。是啊，还有什么能超越儿时所烙下的美好印记呢？

最近一次看戏是大学期间的一次晚会上，三位师兄唱京剧《沙家浜》里“智斗”这场戏，伴奏的是系里几位老师，一位师兄反串唱阿庆嫂。虽然没有戏服，也没有化妆，但多少年后的今天，我依然还能清楚地记得当年他们在舞台上表演的情景。可以说，两鬓微霜的我现在喜欢听戏，与当年的这些经历深有关联。

今晚，我坐在演播厅里，看着台上倾力表演的同学们，不用担心冬日凛冽的寒风，也不用去辨别戏中人物的好坏，还有什么比这更幸福的呢？

（本文写于2019年12月）

化　妆

参加学校新年晚会的合唱，于是就有了人生的第一次化妆。

演出是晚上七点开始，按照要求，下午三点多就赶到演播厅提前化妆。在小板凳上刚一坐定，化妆师拿了个刀片，直奔我的眼睛而来。我吓得头一缩，忙问个究竟。明白是必需的工序后，就如木偶般任其摆布了。化妆师先用刀片在两只眼睛上方刮了两下，随即就是刷子、笔什么的在我眼前飞舞起来。中间还要配合闭眼若干下，睁眼向上若干下。也就几分钟吧，我的妆就被化好了。

站起来道声谢之后，就朝着前面的大镜子跑去。镜中的小老头，脸红扑扑的，一副血压上来的样子，心中颇为失望。我本来以为化了妆，能穿越回到二十几岁。人生第一次化妆，就是这样吗？看看周围化了妆的男同事都是帅帅的，而女同事和女学生们全都如天仙一样。看样子，我是不适合化妆的。

其实男人化妆这事，古已有之。对镜贴花黄，八岁偷照镜，写的是美女。男人化妆最早见于《汉书·佞幸传》，其中记载汉惠帝时“郎侍中皆冠鵕鸃、贝带、傅脂粉”。到三国两晋南北朝，男人化妆已成名士出场标配，曹植、何晏、潘岳等都是带妆的。唐朝时，皇帝还常把口红作为宝贝赏赐给大臣们使用。等到了宋朝，朱熹老先生的理学一发扬光大，男人化妆就逐渐式微了。反倒是最近，“小鲜肉”成堆，敷粉何郎又如鲫过市。而我，是不喜欢这样的“小鲜肉”的。

这样一想，心中就没有失落了。我今天的任务是唱歌，把歌唱好就是完美，至于妆容，我还是欣赏别人的好。

（本文写于 2019 年 12 月）

丈量合肥

轮休了，在合肥陪儿子上课。一大早送完儿子，天还未完全放亮。看看窗外厚重的雾霾，打消了“复习”包公园的想法，决定窝在房间里看《酉阳杂俎》。看段成式的天马行空，要比出门人工净化雾霾好多了。

读书的时间跑得快，没看多少就到了中午，肚子咕咕叫了起来。段兄的故事再精彩，也是祭不了我的五脏庙的。

看看窗外，感觉雾霾减轻了点，于是决定下楼先填饱肚子，再去相距不远的李鸿章故居看看。来去合肥这么多年，没曾想过，这个城市还能存有李鸿章的故居。在地图上找了下位置，两公里多点，步行过去吧，以示迟到的尊重。

冬日的合肥街头冷飕飕的，马路上的车跑得飞快，人行道空空的，不见人影，像是被风吹走了。路边的绿化树缩成一团，没有一点精气神。寒风之中，大小城市都是一样缩手缩脚的。路面上不时出现的“办证”广告，让我感觉很亲切，这和六安的马路没什么两样。

跟着导航，走到撮造山巷，在路边一个小面馆里吃饱喝足，这样就有精力做点有文化的事了。继续前行，却发现导航把我导到了李府的后门。古人宅院的后门多为小商贩的通道，我又不是小商贩，导航怎么这样指路呢？幸好后门没开，我赶紧正正衣服，抬头挺胸，向正门走去。

正门对着的是热闹的步行街，街上挤满了人，原来马路上的人都被风吹到了这里。令人高兴的是，凭身份证登记一下，可以拿张参观券，免费参观。

故居是三进的房子，东侧还有个一进的院子，没有大花园，比我想象中的要低调一些。里面也没啥惊天动地的宝物，像出生时睡的床、穿过的战袍等，全没有。四面墙上挂着几幅墨宝，而最多的是关于李鸿章生平和淮军的图片资料。文字材料大都是表功的，很正向。关于那些条约，关于甲午战争，只是呈现文本和图片。感觉这里的李鸿章，和历史书上记载的是两个人。其实，成也好，败也好，梁启超先生都不惜笔墨写了《李鸿章传》，我们还有什么不可以说呢？

展厅一角有个视频，放的是李家后代的影像，沧海桑田，多是达官贵人，亦有普通百姓。想想也是，卖国与否，徇私与否，自有历史学家们去下结论。

故居给人的总体感觉不好，也许是免费的缘故，里面装满了人和声音。小朋友们相互比赛，看谁的哭声响亮；大人们则围着枪炮和古代官员服饰花纹慷慨激昂地讨论着。这和一墙之外的步行街实在没什么两样。我只能是匆匆一过了。

出得门来，我向着包公园走去。曲曲折折地穿过几个巷子，就来到环城南路。路的旁边，重重的树后就是包公园了。

说是“复习”，其实根本记不清是什么时候来过的。印象最深的是公园外的芜湖路，大学四年每次放假，大巴是必经这条路的。高大繁密的法国梧桐和公园的一段红墙，久久地留在我的脑海里。

公园的水面就是以前的护城河，一箭之外的合肥工业大学校园里，还有个曹操的斛兵塘。三国两晋南北朝时，这里是兵家必争之地，久遭涂炭。这会儿水面上漂满了游船，风还把一部分人吹到了船上。船上的笑声和水波在风中一圈圈地荡漾开去，笑声听起来是如此温暖，如此幸福，我很担心这笑声会唤醒河里酣睡的箭戟。

本想进有围墙的园子里看看，早早地拿出身份证准备登记，可惜没人理我。一个黑如包公面色的告示牌上写着“门票五十元”。谈钱真是伤感情，我不由得埋怨起园子里的老包来，更懊恼在李府参观得太匆忙了。人往往都是这样，错过了才知道后悔。

看着身边正在锻炼的老头老太太们，再打量打量我自己，我也不参观“复习”了，直接加入锻炼的队伍中，既省了五十块钱，又增强了体质，这个举动真是太英明了。这样想着，包公那张黑黑的面孔在我眼里也灿若莲花了。

（本文写于2020年1月）

口　罩

从没想过口罩这么难买！随着疫情的一天天加重，我越来越紧张了。

过年前在合肥陪儿子上课，儿子上课时我就待在宾馆里看书，早晚负责接送，陪着一起吃个饭。那时合肥的雨下得正热闹，不逛商场的我，连网购都很少。腊月二十八中午课程结束，下午赶紧往家赶，二十九忙着采购点年货，大年三十看到武汉要封城时，已经买不到口罩了。

买不到就买不到吧，都封城了，还怕啥。经历过非典，如今应付当前的状况，应该不会有问题的。我非“杞人”，便在学生群里批评了“忧天”的学生，在同学群里还和同样“忧天”的同学聊了几句。没曾想，接下来发生的情况，狠狠地给了我一记响亮的耳光。

摸着火辣辣的脸，我紧张了：家里没有口罩。翻箱倒柜找到了两个前几年买的防雾霾口罩，但只有两个。药店早已不卖了，赶紧上网，在淘宝和京东上分别下了好几单，心想，只要有一家店能发货，偶尔出个门就不会有问题。

年当然是不拜了，只是窝在家里看书。楼是基本不下的，除了天气好时，下午到河边溜达一小会。河边空旷，没什么人，没有口罩也还凑合。慢慢地，先是家属区不让汽车进出了，后来，人员出入也要凭证件了。再后来，只能从指定的南大门进出了。最后，连住在校外的同事没特殊情况也不得进入校园了。出门溜达当然更是不可能了。我真的慌了，每隔一会儿，就查查手机上的口罩订单，只看到发货日期在一天天推迟。都说看书是好事，可我这看书也太耽误事了。书中有黄金屋有颜如玉，但书中没有口罩啊。

我试着在两个聊天群里问了下，谁有多的口罩，石沉大海。我明白，这个时候地主家也没有余粮了。我每天查手机上订单的频率更高了，当然，表面上还是一副没口罩没什么大不了的样子。但谁要下楼去，我是极力制止的。

封校了，但值班还要继续，那栋空无一人的大楼，还需要人去值守。住在校外的同事进不来，部门里我是唯一住在校内的，接下来的值班任务只能是我来完成了。但是，要求出门必须戴口罩，我在工作群里发了牢骚，没曾想，一会就有同事送了三个口罩过来，随后又有同事送了两个过来。

终于有口罩了！这口罩就是救命稻草。“岂曰无衣？与子同袍”。我激动地发了个朋友圈。令人感动的是，居然有外地朋友要快递口罩过来，更有本地的朋友让我直接去他家拿。被感动的还有实验楼里的流浪猫，从此，每天总有个只露出眼睛的奇怪家伙和它们打招呼。

稻草是救命的，一根足矣。口罩有几个，够用就行。这时节，我不是医生，也帮不了什么忙，替同事们值个班，不到外面乱晃，不传不实之言，不在群里发表高见。我要做个守法合规的公民，坐在春天中，等待那些不用戴口罩的笑脸在校园里如花盛开。

（本文写于2020年2月）

夜幕下的云露桥

不喝酒已经很久了，但老友约的饭局还是要去的。酒少了，吹牛可不能少。一不小心，又把饭店里的客人们吹光了。饭店离家不远，夜色中，一个人慢慢地晃回去。

十点钟的夜晚，小城已经昏昏欲睡了。广场舞没了，散步的人都回去了，河边变得空旷起来。天空黑洞洞的，不见一点点星光，下午时涌起的云层还没有回家的意思。四下里的灯光洒在河面上，拉出了一个个的灯柱，忽远忽近，忽长忽短。有风如水，拂过河面，润润的，凉凉的。粼粼的波光在夜色中泛起，安宁平和也一同在夜色中弥漫开来。不远处，灯光摇曳，有霓虹卧波，那便是云露桥了。

疫情的缓解，化去了胸中沉沉的窒息，让人觉得世界一切都是新的。每日里来去匆匆，已经记不清上一次注视云露桥是什么时候了。今夜，云露桥的灯光如此之陌生，这应该是我们第一次相逢。人生最美是初见。我站在河边，倚着栏杆，静静地看着桥上的灯光变幻，就像是在看一台为我一个人演出的时装秀。舞台是身边这道奔流千年的河水，而那个唯一的表演者，就是宛若天仙的云露桥。只见她忽而长裙曳地，体态婀娜，飘逸妩媚；忽而短裙薄衫，娇巧轻盈，俏皮可爱；忽而旗袍裹身，娉婷袅袅，孑然独立……

从来没曾想到，夜幕下的云露桥原来是如此之美。我久久地默立河边，只觉得周围的一切都消失了，茫茫夜空下，只剩下一桥静卧一水静流。

恍惚间，河面上响起一段久违的旋律。那是一首英文歌曲，名叫《忧愁河上的金桥》，从中学到大学一直常听的。在那些混沌的岁月里，这首歌冲淡了我懵懂青春里无力的彷徨。当你疲惫无助，当你意志消沉，当黑暗到来，痛苦将你包围，我将为你倒下，就像跨越忧愁河的金桥。

眼前的这河这桥，不就是我记忆中的忧愁河和金桥吗？很多年不曾听了。在手机里找到了这首歌，放了出来。在歌声中，我踏上金桥，跨过忧愁河，抖落一身忧伤，走进校园里。

校园里空荡荡的，有些荒凉。我在荒凉中坐定，我在想云露桥，我该怎样来描绘这日日陪伴的云露桥呢？语言是苍白的，文字是僵硬的。最好是你们来吧，来月亮岛，来到河边，我们一起去看夜色中的云露桥，去感受云露桥的美。这美，惟有靠近，惟有陪伴，惟有注视，才能在内心深处点燃。

你来时，倘若能带来一轮明月，倘若能点亮满天星斗，倘若驾着一叶扁舟，倘若……哇，不能再想了，你来就好。你来了，才能看见夜幕下云露桥的美。你来了，夜幕下的云露桥还能更美。

（本文写于 2020 年 5 月）

茄子的味道

夜色铺满河道时，我们三两个人约了在一家小排档吃饭聊天。聊到中途，请老板娘加一个拿手菜，干练的老板娘自豪地说，自家的菜都拿手。过了一会儿，在我们的唏嘘声中，老板娘端上来一盘油炸茄条。伸筷一尝，外酥里嫩，口感极好，老板娘的牛皮没吹破。这一筷茄子，竟勾起了我心底里许多关于茄子的过往。

小时候，茄子是家里的夏季主力菜。茄子长得快，结得多，六七棵茄秧就足够我们一家吃了。夏天一到，菜地里的茄子就能上桌，一般能从六月一直吃到九月。

茄子在乡下的吃法有很多，最简单的是在饭头上蒸，这种做法我八九岁时就会了。那时是用大铁锅煮饭，水烧开后，用锅铲把米翻一遍，在米汤未收前，把洗干净的整茄子放到饭头上，盖上锅盖，饭熟茄子也熟了。吃的时候，把茄子放到菜盆里，加点菜籽油，磕点青辣椒和盐，用筷子一拌，美味就做好了。

吃蒸茄子多是在农忙时，母亲没有时间做菜，便教会了我做这个。现在用电饭煲煮饭，是吃不到这种蒸茄子的。偶尔在饭店也遇到这道菜，点来一尝，完全不是那个味道。虽然菜里有了更美味的麻油和精盐，但饭店只是水蒸，没有米汤，吃不到那种掺着米香味的茄子。另外，饭店选用的茄子也嫩了些。用来蒸的茄子要略老，茄子的籽成形时，蒸出来才好吃。

素炒茄子是母亲的惯常烧法，加点肉进去是件奢侈的事，整个茄子上市季节也吃不了两次。不过，茄子的各种烧法里，我最喜欢的是母亲做的茄饼鱼汤。

六七月里，雨水多起来，田间地头的鱼儿也多起来。我抓鱼的本领差，只会笨办法。选定一截小水沟，上下用泥巴打个坝子，把水刮干，在泥里一摸，就能有十来条肥肥的鲫鱼。用柳条一穿，挂在棍子梢，扛在肩膀上，雄赳赳气昂昂地回家邀功了。

这时，就有机会吃上茄饼鱼汤了。茄子是切成片的，裹上面粉，在锅里炕一下，略有焦色。鱼用大锅煮，鱼汤滚时，把茄饼放进去，加点腊猪油，汤再烧开就可以吃了。母亲做这道菜时，还会放进去很多面片，这样菜饭合一，美美地吃上几碗，童年所有的日子都因此而香甜起来。

茄子也是学校食堂里的常见菜，但我上学时很少在食堂买这道菜。烧茄子费油，食堂里的茄子都是切成大块水煮，又不煮透，便成了少油少盐的半生茄块，其味道可想而知。买过一次后，我就再也不买了。虽是如此，大学里我最喜欢吃的菜还是茄子，但必须是小九华的油爆茄子。

小九华是与大学宿舍一墙之隔的一条小吃街。那时，要是拿到了家教工资，或者有朋自远方来，就到小九华去改善一下伙食。每次必点的菜，肯定是油爆茄子。油爆茄子的食材是茄子和肉，茄子要够嫩，切条，肉要五花肉，切碎。炒时火要足够大，最好大到火焰在锅里翻滚。要舍得放油，油烧滚了放肉，待五花肉里的油炒出来一半左右，再放入茄子，最后还要加一勺美味的辣椒酱。那时，我们都是光盘行动的践行者，特别是油爆茄子，盘子肯定是光的。

毕业后没几年，曾回过母校，留校的同学老吴在小九华盛情款待了我。还是那家排档，还是那个老板，还是那盘油爆茄子，还是那个味道。然而，我们再也没能光盘了。

今晚，在这个小排档，不经意间遇见这盘茄子，我把它吃光了。出得店来，清风吹衣，明月高悬中天，光盘的感觉真好。

（本文写于 2020 年 6 月）

如果我去摆地摊

刷豆瓣时刷到这样一个话题：如果去摆地摊，你想卖点啥？初未在意，只是一条条地翻着，看着大家的调侃和自黑。看着看着，猛然一想，如果我去摆地摊，在地摊前能干点啥呢？刹那间，脑中一片空白，我，好像什么也干不了。

惶恐中赶紧举起杯子，连喝了几大口水，做了几个深呼吸。自己的专业知识计算机已经忘得差不多了，我会的，摆不上地摊，能摆上地摊的，我不会。悲摧了半天，忽然记得我以前也是摆过地摊的。

那是在小学四五年级时，家里种了荸荠，年前要拿到农贸市场上去卖。荸荠在老家的发音与“不记”相近，过年时家家户户都买一点放到堂屋的供案上，图个吉利。为了赶在年前多卖出点，父母让我单独再摆个摊位。

卖荸荠第一要会用秤，第二是要会算账。秤是杆秤，是那种用一串秤星在秤杆上标示斤两的秤。农村的孩子，杆秤就是儿时的玩具，自小父母就教会了我用秤，这个没什么难度。

算账，对我来说就是个大问题了。虽是早学了乘法，但心算能力还是不行，人多时还紧张。来农贸市场的人多是邻近几个生产队的，大都互相认识。有认识我的一看到我在那摆摊，就来了句“大侄子在卖荸荠啊，给我称两斤”。当我小脸憋得通红算账时，他们还不停地故意捣乱。本来就紧张，一被干扰我就更慌了，常常算错。没办法，在他们的笑声中，我只好拿出事先准备的纸和笔来算。慌慌张张算账那几年，倒也没算错过，父母对此很是欣慰，觉得让我念书还是有些用处的。

荸荠种了两三年之后，就没再种了，过年时我也就不用去摆地摊了。

自己主动摆摊是读大三的时候，和一个师弟合伙卖书，准确来说是流动小商贩。我们从新华书店对面的小书店里批发一些书回来，然后跑到宿舍里卖。可惜相信“书非借不能读”的人太多，买的人少，没赚到多少钱，反倒是自己贴钱买了几本书。

还能算上是摆地摊的，是大学寒暑假期间给弟妹们的帮忙，他们那时已开始在市里摆地摊卖水果。我干的都是没有技术含量的活，帮忙做饭。他们吃饭时，我临时照看下水果摊。

印象最深的，是帮他们抢摊位。过年前的那几天市场管得松，百货大楼前的路边是可以摆地摊的，但好位置要抢。夜里十二点左右，我就推着空车去占摊位，然后一直守到天亮。寒冬腊月，气温低，穿再厚的衣服手脚也是冰冷的，再困也打不了瞌睡。遇到有风有雪的天气，就更难受了。那个年代，夜里十二点过后，街上路灯是全关掉的，白天车水马龙的大街在深夜里空荡荡的，更显黑暗与荒凉。就在那时，我对什么是漫漫长夜有了很真切的感受。没办法，租不起固定的摊位，只能这样摆地摊。

如今，地摊早已被移进了市场，路边的灯和路上的井盖也都有专门的人管理。坐在大屏前，管理人员就能知晓、调度一切。

突如其来的疫情对经济发展是一次不小的冲击，原先被禁止的街头地摊又允许摆了。这几天，兴奋的人们网上网下摩拳擦掌，都在准备摆地摊。不知道疫情完全消除后，政策会不会又取消呢？

其实，我最担心的是如果我去摆地摊的事。杆秤我依然会用，算账现在有计算器，收钱可以扫码，但是我拿什么去摆地摊呢？百无一用是书生，在摆地摊这事上，我也就是曾经练过而已，现在的我真的很恐慌。准备再喝口水时，杯子不知什么时候已经空了，一滴水也没有了。

（本文写于2020年6月）

理　发

以前一个月理发一次都觉得头发长得快，现在呢，两个月去理一次，也剪不下来几根头发。前几天去理了发，估计接下来四五个月都不用理了。无他，遇到一个“砍伐”过度的师傅。

我近几年理发都是在一个路边的露天摊子上，八元搞定，加上刮脸之类十元到顶。摆摊的大爷是上个世纪人民旅社的理发师，退休了摆个摊打发时间。摊位就在菜市场旁边，一推一剪一镜一把旧转椅。在熙熙攘攘的路边刮脸剃须，满满的都是烟火气，真是别样的享受。

这样简单的场景，我是熟悉的，小时候理发比这还简单。

理发在乡下叫剃头，每月剃一次，隔壁村的瘸子叔叔背着剃头箱子上门。他腿有残疾，能干的农活有限，于是就学了剃头，到各个村子挨家跑，费用年底统一结。

理发时从家里搬个凳子，在树下一坐，他把白色大围巾抖几下，轻轻一圈，就围到了脖子上。小孩子的发型是永远的小平头，简单方便。推子是手动的，常常会夹头发，一疼我就会嗷嗷叫。有时候他会让我把家里的煤油灯端来，滴几滴煤油在推子上润滑一下。每次我理完发后，头发上都飘着淡淡的煤油味。许多年过去了，每次闻到煤油味，我第一时间想到的就是小时候理发。

工作后也曾在某家大店理过发，因为店门口能停车，办会员卡有折扣，不理发时车停理发店门口也无妨。

有一天去理发，惯常给我理发的师傅都不在，来了个憋着广东腔的，旁边有人介绍说我是老主顾，技术总监亲自来理发，价格还是按照之前的标准算。我对理发是不讲究的，如此高的规格让我很惶恐。技术总监的范儿就是不一样，每理几下，就拿面镜子，让我看看后面侧面的感觉如何，还有一堆我不大听清的说辞。理完再仔细一看，感觉好像是英俊了许多，技术总监果然厉害。

结账时，一堆人夸我的发型，夸完了就让我充值，充得越多折扣越大，还送若干次技术总监的亲自理发。可怜我当时口袋里没多少银子，只好坚定拒绝后溜走了。没曾想下个月再去时，店名换了，技术总监也不在了，会员卡的余额可以用，但不能打折，新店不理旧账，想打折得重新充值办会员。从此以后，我就告别大店了。我一直以为理发就是剃头，能把头发剪短就行，反正我又不吹不染不烫的。

就这样流浪了许多年，直到有一次老许向我推荐菜市场边的理发师傅。试着去理了一下，果然不错，还有点儿时的感觉，于是我就固定在他这里理发了。不料这个周末老人家下乡了，想到还要再坚持一周，想到这一周还有无数的人继续说我人瘦毛长，于是就决定找个理发店先对付一下。

附近有个名叫“顶峰造型”的理发店，师傅是个中年男人，我说剪短点就行，他立马拿起推子就在我头上比划了起来。头皮一凉的刹那，我的心也凉了，他应该是把我的话理解成头发留短点了。好在理发时眼镜不能戴，看不清剪发过程。师傅的动作又利索，三下五除二就理好了，时间也不长。理完戴上眼镜，望着镜子里陌生的我，有点晕。师傅来了句，这个发型比你以前的好看多了，他把发晕的我当成是在欣赏的我了。

钱还是要付的，谢谢还是要说的，再不满意，头发也不能长回去了。无语归无语，想到未来四五个月不用理发，能省下一笔巨款，我深情地看了师傅一眼，骑上“小牛”，头也不回地回家了。

接下来的日子，我的超短发型果然成了热点，走到哪都引人注目。发型近似于平头，跟小时候理的差不多，可惜没有煤油味。头发短点也没什么不好，正好显得脸大，眼睛也跟着大了点，要是体型也跟着变壮点就更完美了。

头发短也有好处，离阳光更近了。有阳光，再难看的发型也会变得飘逸。你信不信我不管，反正我是信了。

（本文写于2020年6月）

边走边唱

这年头，谁不会唱几句呢，先贤孔老夫子“不哭之日则歌”，四处流浪时仍旧“弦歌不衰”，何况我这样的酸腐之人。再说，日子唱着过，那是何等令人羡慕的生活啊！

我很小就会唱。听母亲说，我小时会唱，但不识数。姑妈家同龄的表哥正相反，能识数不会唱。于是我俩互相学习，我教他唱歌，他教我数数。当年我会从1数到10后，就搬着小板凳到堂叔家开始学拼音“ɑoeiuü”。其实，我那时所谓的唱歌，也就是能背点母亲教的儿歌，“拉大锯，唱大戏……”

上小学后，唱歌就正式起来了。乡下的小学没有专门的音乐老师，每个老师都是音乐老师，都能教唱几首。记得其中有首歌中的两句歌词是“樱桃好吃树难栽，不下苦功花不开”。老师本来是想用这首歌勉励我们要努力学习，可我满脑袋里都是樱桃树长什么样？真的很好吃吗？后来，终于吃到了几颗樱桃，小小的果，大大的核，酸酸的，这怎么算是好吃呢？这首歌我只会唱这两句，其他部分都记不清了。每次吃樱桃时，也总要哼唱这两句，我始终觉得，一定还有更好吃的樱桃。

当然，印象最深的就是那首《我们的生活充满阳光》。这几个字不是打出来的，是唱出来的。记得那是个周日下午，大雨哗哗地下，土房子，泥巴课桌，斜靠在墙上开裂的黑板。黑板上是歌词："幸福的花儿心中开放……"吴老师高绾着裤脚，裤脚上泥巴星星点点。那个有雨的下午，我们和老师一起唱：我们的生活充满阳光，充满阳光……

上初中了，有了专门的音乐课，有了专门的音乐老师，但我却是记不起来哪怕是一节音乐课的情形。幸好，当时窗外有流行歌曲了，朱晓琳的《妈妈的吻》是最流行最好听的。记得有个杨同学，他唱的《春牛曲》比原唱还好听，每次开班会都要请他唱一遍。我记得我只上了一次讲台，低着头唱了首《小螺号》。

后来我转到另外的中学继续读初三，恰好有个爱唱歌的同位，于是我的"小宇宙"爆发了。学习之余，我们研究每首最新的流行歌曲。我最拿手的是程琳的歌，我唱她的那首《童年的小摇车》，大家都说好听。中考誓师大会上，我和同位合唱了一首《春光美》，当那高音飙起时，全场雷动。现在，我肯定是唱不出那个高度了。

高中时歌就多起来了，那时姥爷已经给我买了台收音机。跟着收音机学歌，听上三五遍，歌词记下了，歌也就会唱了。每年的班级元旦晚会，我的独唱合唱估计要占到节目的三分之一。不是因为我唱得好，也不是我爱出风头，而是没人愿意上节目，文娱委员不是好当的。高中时学的最好的一首歌是陈汝佳的《故园之恋》，他的高音和假声我当时都能完整地复制。可惜斯人早去，上个世纪的歌，也没多少人知道了。

大学时一直是文娱委员，参与了系里很多场大型晚会，但居然一次没上台唱过。大三那年，差一点就登台献唱了。那是上一届的毕业晚会演出，和学长排练了合唱《把悲伤留给自己》，节目的幕都报了，我没上场，合唱变成了独唱。那年我是系里的文艺股长，要负责整台晚会，当时嗓子哑得几乎说不出话了。这首歌我很喜欢，曾有一次唱给一群人听，有个人听着听着居然哭了，应该不是我唱得太难听吧。

大学唱歌少是因为大学里敢上台的人太多，作为组织者，能不上最好是不上了。倒是有一年的班级元旦晚会，我抱着吉他弹唱了一首《昔日重来》。如今，吉他怎么弹的早已被我忘到九霄云外了。公开的活动中倒是唱过半首歌，大四那年教育实习结束，和孩子们告别时，我唱了半首自己改了词的《再见了，大别山》。唱完那首歌，我就回到了大别山，再也不曾离开。

大学四年虽上台唱得少，但学会的歌可不少。那是单放机的年代，校园里到处是头戴大耳机（英语听力用的调频耳机），腰挂单放机，嘴中念念有词哼哼无调的景致。我亦是这道美丽风景线的重要参与者。学会了不少港台流行歌曲，也学了几首专业点的歌曲。那时有不少学音乐的老乡，跟他们混在一起，耳濡目染，偷学了不少歌。像《再见了，大别山》《我爱你中国》《我爱梅园梅》等，还有首冷门的《九里里山疙瘩十里里沟》。遗憾的是，没跟他们学如何发声，只会用嗓子把旋律喊出来，呕哑嘲哳难为听也。

工作后，有一段时间流行饭后去唱歌。唱歌时，总是觉得别人唱得不行，自己唱得更好。抢到话筒，感觉自己就是歌星了，一首歌没发挥好，那就再来一首。就那么点时间，哪里有那么多慢慢发挥的机会。都说是唱得比说得好听，其实不然，自己真唱就不是那么回事了。听别人唱痛苦，别人听我唱也痛苦，都是一样的鬼哭狼嚎。

酒气冲天时，觉得自己什么歌都会唱，但对着屏幕又不知点啥，一首《大海》被唱了无数遍。也曾唱过《那就是我》《儿行千里》，但总感觉气氛不对。

感觉唱得最好的一次是有一年的过年前，学音乐的丁馆长从广州回来，聚了一桌子音乐专业人士。饭后唱歌，我倒是不客气，把多年想听的歌都点了请他们唱，算是听了场专业的演唱会。在这个小城市，这样听歌，绝对是件奢侈的事。

最近一次唱歌是去年的学校新年晚会，我参加了合唱。仔细想来，这还是人生第一次登台唱歌。同事们都说唱得不错，我知道那是好听的话，但心里还是美美的。为了这次唱歌，我第一次化了妆，可惜没能化出个高大英俊的形象来。不过，借着要统一服装的理由，花了几千块买了一套西服。郁闷的是，学校新年晚会之后就一直没有登台献唱的机会，那套西服只能寂寞地待在衣柜里。

晚会上，我们合唱的歌曲叫《不忘初心》，是一首很好唱也很耐听的歌。生活就得这样，不忘初心，不忘来路，我们的生活才会充满阳光。

阳光下，我边走边唱。

（本文写于 2020 年 7 月）

十　月

车子漏雨，久修未果，只好开着漏雨的车子出发了。一路大雨，愈近芜湖雨愈大。停车后掀开脚垫一看，果然又有积水了。酒店的停车场没法取电，不然后备厢里的吸尘器就可以拿出来吸水。带着能吸水的吸尘器出门旅行，我怕是第一人了。

说是旅行，其实是去出席学生的婚礼。仪式是在晚上，白天没事，便到师大校园附近逛逛。第一站必须是去广济寺的，不是烧香，不是拜佛，我只是特别喜欢大雄宝殿后面那个陡陡的台阶。当然，我也喜欢寺内钟鸣的悠扬和木鱼的清脆，也喜欢僧人们缓慢而婉转的诵经声，还有那浸透了香火的空气。

这个时间点来，还是没能看到那棵银杏的金黄，寺院内外仍恣意地绿着，黄庭坚滴翠轩的叫法果然是有道理的。只有那时不时坠下的银杏果在告诉我，现在已是秋天了。

站在寺内向南望去，越过密密的树梢，师大学生宿舍8号楼还在那儿。斑驳的外墙上写的是沧桑还是久远，我已经分不清了，也不用分清了。

将要走出寺门时，回头猛然看见庙宇的一角伸出一棵大树，感觉像是喜树。跑过去一看，果然是喜树，很大的一棵，树干有两三尺粗。广济寺我来来去去有二三十次了，竟然从来没有发现这棵喜树。我知道，喜树是喜欢群居的，不应该只有这孤单的一棵。抬头四望，果然在不远处还有几棵。树上挂满了球形的果实，一个个翅形果如迷你小香蕉一般，向外四下伸展着，带着笑意，像是在笑我曾经的无视。

出了寺门，向小九华走去，但我差点迷路了。曾经烟火弥漫的小九华已经不见了，取而代之的是古玩花鸟市场。文化味是足了，但我喜欢的油爆茄子再也没有了。曾经可以爬上爬下的围墙，被挡在一栋栋房子的后面。透过玻璃窗，偶尔还能看到一点影子，仿佛上面还留有我昨天踩过的脚印。所有的过往，都在一片片砖瓦之中睡去了。

街尽头右侧是我熟悉的师大学生宿舍1号楼，围墙外面栽了一排密密的石楠，遮住了视线。我向机动车道靠近了些，终于看到了三楼。从东往西数，第五个窗户，在那里，我住了三年。木格玻璃窗换成了塑钢窗，隔音效果应该好多了。当年的窗外整日车水马龙，也不知自己是怎么睡着的，现在窗外的几声鸟叫都能让我辗转反侧。

马路变宽了，一度消失的围墙又回来了。铁栅栏围墙边种满了带刺的蔷薇，花期早已过了，只有浓密的绿叶。目光从枝叶间挤进去，还能看到点空荡荡的东操场。操场东边的那排法国梧桐胖了不少，身材臃肿，一副老态龙钟的样子。灰蒙蒙的天空下，树叶绿意正浓，江南的秋天总是背着手，慢悠悠地踱着方步。

师大那座高大的校门依然雄伟地立在那里，一如我当年第一次见到的模样。门后的小山坡，被一栋大楼替代了。站在大门口，看不见教学楼，看不清老图书馆，只有科技楼前的水杉还是那么精神抖擞。校门对面的马路边立着一圈工地栅栏板，挡住了波光粼粼的镜湖。栅栏板那么长那么远，仿佛将整个镜湖都围了起来。看不见被吹皱的一池秋水，我放弃了到湖边坐坐的想法，这个季节湖边的石椅应该是很凉很凉了。也不知道湖边的那一圈柳树，身影还是那么婆娑吗？

没有惊动在芜湖的众友们，我站在校门口的防疫通道前，静静地向校园里望了一会，太多的过往无法一一记起，总是感觉对面还是那座小山，还是那面石质护坡。许多年前的那个黄昏，我们一群人跟在一辆三轮车的后面，向荷花塘走去。校园里的路是那么弯，那么长。

此刻，天空阴沉沉的，有点黄昏的样子。倘若是夜晚就好了，也许我还会遇见那位卖酒酿的老太太，我还可以再美美地吃上一碗酒酿。现在，这只能是奢望了。我揉了揉昏花的眼睛，向酒店的方向走去。

晚上要给学生证婚，我得要准备一下。向酒店的服务员讨了张红纸，回到房间把手机里提前写好的证婚词誊写到纸上。写着写着，来了点感触，便加了首小诗，又读了几遍，再调整几个字词。做证婚人，我是认真的。证婚词中，我写道“金秋十月，丹桂飘香”，这是我非常熟悉的八个字。没办法，在十月的芜湖，当年拿起话筒时，习惯都是以此作为开头的。

就这么说着，转眼之间，我也是立在十月的枝头了。

（本文写于2020年10月）

牙　疼

“牙疼不是病，疼起来要人命”。这次轮到自己牙疼，才知道那疼真的是要命。

人如机器，岁数一上来，以前不是问题的现在都成了问题，各种小毛病如地鼠一般，才按下了这个，那个又冒了出来。牙疼就是我正在对付的最新的一个地鼠，这打地鼠的过程说起来都是眼泪。

国庆节经过铜陵时，照例是带上两罐白姜。回来后，每天吃得津津有味，很快就消灭了半罐。正是秋风上色的季节，校园里的银杏叶才开始有点黄的想法，踏秋的计划才露出尖儿，未曾想我的牙却先疼起来了。

牙疼是很有章法的，像是一首交响曲，叮叮当当的，最先响起的是舒缓的前奏。开始时也算不上怎么疼，只是隐隐的一点，大约是有些炎症。英雄如我，腿都断过，还怕这个吗？那天早饭，软软的馒头居然吃得不利索，心里就有点紧张了。上午得空时，便跑到医院去看了看。人民医院的左医生是见惯大风大浪的，检查了下，没发现啥大问题，顺手补起了牙齿中的孔。也就是三五分钟，全部搞定，传说中的治牙并不是那么可怕。我一身轻松，继续上班。

到了下午，情况有点微妙，牙疼交响曲的节奏开始加快了。右边的腮帮子胀胀地疼，总是不自觉地用手托腮，眉头紧锁。东施当年好像就是这个样子，幸好我是个男的，不然就是效颦了。对着镜子一照，右脸看上去居然显得很圆润。吃喝这么多年没鼓起的小脸，终于有一侧先富起来了。激动之余，赶紧向医生同学报忧，按照开出的清单马上跑到药店去买药。

到了药店报了药名，女店员一一拿来。现在的药也是奇怪，明明是同一种药，不同的厂家却叫着不同的名字，听上去神秘莫测。有一种药，药店居然不卖给我，说是三天前饮酒有影响，得换药。再次咨询医生同学，点评说此药店有良心。只顾买药的我顿时觉得药店女店员的形象高大起来，充满了仙气。我认真地睁大高度近视的小眼睛，仔细地瞅了瞅仙气十足的女店员，果然很好看。有良心的人都好看，更何况又是仙女呢。

回到办公室，吃药喝水，忐忐忑忑中度过了一下午。晚上感觉脸不那么胀了，兴高采烈地去陪朋友吃饭。兴高采烈是因为不用喝酒了，药就是有免喝金牌。席间，一位医生老弟修正了我的药单，加了一味止疼的药。饭后他们吹牛，我去买药，当然是去了之前的那家药店。回到家后立即吃了一粒，味道好极了。接下来的一天，除了不喝酒不敢啃骨头之外，和平常是没什么区别的。

药能治病止疼，但可不是什么山珍海味。是药三分毒，既然没什么大碍了，少吃一点是一点。于是就逐样减量，很快有一种药也不吃了。

周日的晚上照例又是十二点多入睡，还没到一点，我又起床了。没办法，牙疼交响曲进入高潮，牙居然真的疼起来了。赶紧把药都找出来，每样来一轮，然后坐等药效上来。本想边看书边等，可是太疼了，书根本拿不起来。站起来在客厅里转圈，步子又不敢迈大，大半夜的，自己睡不成，也不能影响别人啊。坐也不是，站也不是，走也不是。说明书上明明说半个小时血液中药的浓度就能饱和，这都一个小时过去了，怎么还是这么疼。

牙疼其实不是牙疼，是不知道哪儿疼。头蒙蒙的，晕乎乎的，不能说话，也无法呻吟。圆润起来的右脸有点烫，不敢贸然冷敷，只好把冰凉的手贴上去缓解下疼痛。疼得厉害时，就用手按紧腮帮子，不停地滋滋倒吸冷气，时不时地喝上几口水，希望能疏散一下捉不住的疼痛。就这样，坐坐站站走走，度秒如年，一点睡意也没有，只有疼。

三点半左右，估计是药开始发力了，不那么疼了，赶紧上床补觉，一觉睡到上班的闹钟响起。药的威力十足，接下来的一整天都没什么大波动。不过，中饭只能弄点流食吃，根本不敢用牙咀嚼任何东西，哪怕是一片青菜叶。

下午下班后，从深圳回来的高中同学程总，热情地邀请几位老同学晚上聚聚，我当然是请假了。甚至当他以卤老鳖来诱惑我时，我还是严词拒绝了。老婆大人在旁边言之凿凿地对我说，老鳖是下火的，吃了能缓解牙疼，建议我勇敢前行。但是我立场坚定，决不动摇。老鳖是好吃，但牙疼要命啊。

睡前读了几首杜诗，在一腔紧张之中入睡。庆幸的是，前一夜的牙疼没有把我从梦中叫醒，牙疼交响曲进入尾声了。清晨起床，下楼跑步。我要出一身汗，希望牙疼和汗水一同流去。卖药女店员虽美，但我最好还是不要见她。

人生在世，无论你的心有多大，志有多高，只有身体好了，牙不疼了，一切才有可能。

（本文写于2020年10月）

二月二

预报说是周日气温回升，无雨，是个晨跑的好日子。无奈因着凉感冒，头昏沉沉的，只好取消了。不过，床还是要早起的。今天是二月二，龙抬头。按照父亲的说法，二月二这天是要去剃个头的。发个信息给在远方上学的儿子，提醒他也去理个发。至于我，虽说已是老龙头了，但该抬时还是要抬的。迎着晨光，我向云露桥菜市场走去。

我惯常理发的那个小店在云露桥菜市场旁边。说是店，其实就是一个简易的路边摊。原先临街的露天地摊现在升级了，搬到旁边小区院子里车库的一角。虽是三面透风，但下雨是不受影响的。一张老旧的理发椅，坐上去吱吱嘎嘎直叫，那声音仿佛是从黑洞洞的车库深处传来。一扇破旧的立柜，漆色剥落，柜子上那面镜子还是亮亮的，依然能够照出真实的影子来。洗脸的毛巾缠成一团，比我平时用的抹布还要破，但擦在脸上的感觉是软软的。曾想带一条新毛巾给他，后来又作罢了。在这样一个连照明的灯泡都显得奢侈的理发摊，新毛巾将会很不自在的。理发师是位快七十岁的老先生，话不多，说起话来声音很轻，语调很慢，仿佛是在天边飘着的那朵白云。

来得有点早，理发摊空空的。坐在椅子里没沉思到五分钟，老爷子就拎着两瓶水来了。打个招呼，收拾下立柜上被淘气孩子们折腾乱的东西，就开始给我理发了。

我的头不难剃，椅子上一坐，无须说明，剪发刮脸，老爷子的动作如行云流水。剪到头顶时，老爷子轻轻地说了一句，你也老了啊。自从三年多前母亲说我老了之后，我就没再以为自己还年轻了。对这样突然的一句话我很是诧异，一问，原来是老爷子感叹我头顶上的头发越来越稀疏了。对我来说，早已过了花枝招展的岁月，头发的稀与密已经不重要了。只是白发屈指可数，每每在诗文中写两鬓微霜时，心里感到很不安，毕竟三五根白发离霜染还有很大的距离。其实发稀也好，下次可以学着写“发稀冠自偏”和“浑欲不胜簪”了。

很喜欢老爷子的剃刀在脸上刮过的感觉，那微微的呲呲声是那么的光滑，极像这春日里的泉水，令人心醉。理完发时，老爷子习惯性地递给我雪花膏搽脸，我摆摆手拒绝了，顶着头湿发走了出去。有风吹来，我不由自主地打了个喷嚏。今年的春天来得早，但是却比往年要冷。阳光是有的，必须要主动去找。

到旁边的元宵店，要了碗酒酿元宵，在满眼热气腾腾的水汽中慢慢体味着糯软香甜。元宵店里还卖有绿豆圆子，是老六安的特色小吃，我一次也没买吃过。小时候生了病，在镇上看了医生打完针后，父亲常常会带我去吃一碗绿豆圆子。生病才有机会吃好吃的，生活往往就是如此开玩笑。相比而言，我更爱元宵，不用生病不用打针，就能吃到。

吃完早饭，戴上口罩，去旁边的菜市场买菜。我特别买了一把香椿，春天里就要吃上几口春天的菜。这个我小时候不吃的香椿，如今成了我唯一能记起的春菜。

拎着一袋子菜，走在桥上，阳光从背后照过来，也照在河边黄绿的柳丝上。河水又落下了许多，河滩上衰黄的枯草中透出些许绿色。那是春草。如果走近了，你会发现这绿色中有蓼子草、看麦娘、焯菜、酸模、野豌豆、碎米荠、婆婆纳……低下头来看野草，抬起头来望蓝天，如此，甚好。

（本文写于2021年3月）

后　记

2018年秋，儿子上高三，为便于照顾孩子，我们在儿子学校的附近租房居住。租房里无网无电视，陪伴之余，以读书打发时间。因为没有多余的桌子，便常在手机上写写文字，慢慢地练就了在手机上写文章的技能，或几句感想，或几句小诗，随手发在朋友圈里。

2019年春，我受邀参加了一次校学生社团读书会的读书活动，向同学们推荐了《傅雷家书》。活动后，我将我的讲稿整理成一篇两千余字的文章，这也是我个人所写的第一篇长文。受此次活动的触动，某日和儿子戏言，儿子努力考大学，老爸努力读书写文章，等到他上大学时，老爸就把写出来的文字结集为一本书送给他。这也是本书的缘起。

后来为便于自己整理文稿，我开通了微信个人公众号，用于发布自己近年写的文章和拍的照片。时至今日，我共写了近百篇文章，选取了其中八十余篇结成了这个集子。

2017年秋，我右腿骨折，上钢板，取钢板，一年之内两次全身麻醉的手术，对我个人有着很大的影响。卧床和恢复期间，对健步如飞的渴望，使我梦想着，今后的生活要边走边唱，不必纠结于工作和生活中的各类困苦。我也希望走出家门的儿子，在今后的岁月中也要有这样一种生活态度。当然，我更希望这种乐观积极的生活态度通过我的文字，能影响所有的朋友们。

是名为《边走边唱》。

田　旭

2021年3月31日